Rick

Einfach mal die Schnauze halten!

© privat

Antje Szillat begann bereits mit acht Jahren Geschichten zu schreiben. Heute ist sie erfolgreiche Autorin für Kinder- und Jugendbücher. Sie lebt mit ihrem Mann, vier Kindern, diversen Pferden, Hunden, Goldfischen und vielen Büchern in der Nähe von Hannover.

Antje Szillat

Rick 3

Einfach mal die Schnauze halten!

Mit Comics von Kim Schmidt

CARLSEN

Ich danke Morgenmän Franky und
dem ffn-Team für die tolle Unterstützung!
A. Szillat

FSC
www.fsc.org
MIX
Papier aus verantwortungsvollen Quellen
FSC® C083411

Veröffentlicht im Carlsen Verlag
Dezember 2015
Mit freundlicher Genehmigung des Coppenrath Verlages

S. 84/85: Zitat aus »Million Voices« von Thomas D
Umschlagbild © Kim Schmidt
Umschlaggestaltung: formlabor unter Verwendung des Entwurfs von init, Büro für Gestaltung
Corporate Design Taschenbuch: bell étage
Druck und Bindung: CPI Books GmbH, Leck
ISBN 978-3-551-31345-4
Printed in Germany

Rick 3

1

Das war's dann, dachte ich. Mit bangem Blick schaute ich zu Finn herüber, der blass, klein und dürr vor unserem Trainer auf der Sportmatte stand. Und nicht nur ich – alle, wirklich ALLE aus dem *Wing-Tsun*-Kurs taten dasselbe. Sie starrten Finn an und warteten gespannt darauf, was gleich passieren würde.

Finns Kopf versank zwischen den Schultern und seine Ohren fingen an zu glühen. Ein echt außerirdischer Anblick: zwei abstehende Feuergriffel zu kalkweißem Gesicht. Brrrr … wirklich schockgruselig.

Warum? Ich meine, WARUM musste unser Trainer ausgerechnet Finn auswählen? Er hätte jeden von uns nehmen können. JEDEN! Oder noch besser: MICH! Und dann auch noch in der allerersten Trainingsstunde! Verdammt, ich wollte gar nicht hinsehen …

»Finn, folgende Situation: Du stehst auf dem Schulhof und ein wesentlich kräftigerer Typ kommt auf dich zu«, sagte Tobi.

Finn nickte.

Klar doch, jeder war kräftiger als Finn.

»Also, der Typ pöbelt dich an. Er packt deine Unterarme und will dich in den Schwitzkasten nehmen. Wie reagierst du?«

Blöde Frage, wie soll Finn schon reagieren?, dachte ich. Mit Heulen, Jammern und Um-sein-Leben-Flehen natürlich! Was sollte mein blassbackiger Beinahe-Bruder auch sonst tun?!

Unser Trainer Tobi umfasste Finns Unterarme mit gestähltem Schraubstockgriff und schaute ihn grimmig an. So grimmig wie ein echt fieser, hässlicher, bösartiger Riesentroll.

»Ich verabscheue Gewalt«, erklärte Finn mit sanfter Chorjungenstimme. »Aber wenn Worte zu nichts mehr führen …« Er seufzte tief.

Dann ging auf einmal alles ganz schnell. Praktisch wie von Geisterhand. Zack-Rumms! Und schon lag er am Boden.

Aber nicht Finn, sondern Tobi!

Flach wie 'ne Flunder. Der Länge nach. Voll umgehauen. Von Finn!

Ich traute meinen Augen nicht. Tobi offensichtlich auch nicht. Leicht verwirrt rappelte er sich wieder hoch und schaute Finn an. Diesmal eher Marke Schmusekätzchen, dem man einen Leckerbissen vor die Schnauze hält.

»Jepp, das war spitze«, krächzte er hörbar beeindruckt. »Woher kennst du diesen Griff?«

»Ähm …«, hüstelte Finn neunmalklug herum, während sich in mir eine böse Vorahnung breitmachte. »Ich habe vor Kurzem ein äußerst interessantes Buch über die Kunst des Wing Tsun gelesen.«

»Echt? Du kennst diesen Griff aus einem Buch?«, rief Tobi.

Die anderen aus unserem Kurs brachen in lautes Gelächter aus. Und ich konnte es ihnen noch nicht einmal verdenken. Ich hätte nämlich auch gelacht, wenn es nicht so friedhofstraurig gewesen wäre.

»Hey, was gibt's da zu lachen?«, motzte Tobi uns an. »Wer sich traut, kann ja gerne mal gegen Finn antreten.«

Oh bitte, nur das nicht! Mir war natürlich sonnenklar, dass das gerade alles nur Show gewesen war. Aber wenn jetzt einer der anderen Jungs Finn mit lockerem Fliegengriff auf die Matte schickte, dann schnallten die doch sofort, dass Tobi eben nur so *getan* hatte, als ob der dürre Finn über galaktische Yoda-Kräfte verfügte. Und auf wen würde der Riesenbeschiss zurückfallen? Natürlich auf mich! Schließlich wussten die ganz genau, dass *ich* Finn hier angeschleppt hatte.

Hektisch warf ich einen Blick auf die Wanduhr. Noch zwanzig Minuten. Zwanzig winzig kleine Minütchen. Die mussten doch irgendwie zu überstehen sein.

»Okay, ich mach's!«, rief ich, ohne lange zu überlegen.

Tobi nickte anerkennend. »Respekt«, meinte er.

Ich zwinkerte ihm verschwörerisch zu. Dann stand ich auch schon Finn gegenüber und hatte seine knöchrigen Handgelenke umfasst.

»WU-HA!«, machte ich und tat so, als ob ich mich wahnsinnig anstrengte. Dabei verzog ich gespielt beeindruckt das Gesicht. Wir rangelten zwei-, dreimal hin und her.

Alle Achtung, der Hungerhaken ist doch kräftiger, als ich dachte!, schoss es mir durch den Kopf. Zeit, dem Schauspiel ein Ende zu bereiten.

Schon wollte ich Finn mit einer lockeren Schulterwurftechnik den Boden küssen lassen. Doch mit einem Mal verfügte der Zwerg tatsächlich über mächtige Jedi-Meister-

Kräfte oder so was Ähnliches. Jedenfalls bekam ich ihn einfach nicht auf die Matte und das machte mich langsam, aber sicher echt … ARRRGH!

Reiß dich zusammen, Rick. Denk daran, was du Pa und Linda hoch und heilig versprochen hast: Mit Finnilein wird weder gestritten noch wird ihm wehgetan.

Aber hier ging es um mehr. Hier ging es um meine Ehre! Aus dem Augenwinkel sah ich, dass die anderen aus der Gruppe schon miteinander zu tuscheln begannen. In meiner Verzweiflung fing ich an, wie wild an Finn herumzuzerren. Ich zog und riss und drückte und presste, aber Finn drehte sich einfach nur elegant wie Zorro höchstpersönlich aus meiner knallharten Umklammerungstechnik.

»Hey, was soll das?«, regte ich mich auf.

Das ging doch nicht mit rechten Dingen zu. Auf. Gar. Keinen. Fall.

»Was?« Finn blinzelte mich unschuldig an.

»Das ist irgend so ein fieser Trick.«

»Quatsch! Wie kommst du denn darauf?« Finn trat einen Schritt zurück und zuckte mit den Schultern.

Veräppeln kann ich mich alleine!, dachte ich und ballte die Hände zu Fäusten, öffnete sie aber gleich wieder, weil mir ein flacher Handkantenschlag für Wing Tsun irgendwie passender erschien.

Meine Handkante hatte noch nicht einmal annähernd Finns Kinn erreicht, da lag ich schon platt auf dem Rücken. Genau wie unser Wing-Tsun-Trainer kurz zuvor.

Und wem verdankte ich diese endpeinliche Lage?

Finn!

Heilige Yetikralle, jetzt wurde es wirklich Zeit, dass ich aus diesem Albtraum aufwachte. BITTE!

Aber meine Gebete wurden nicht erhört. Ich schlief nicht. Das war tatsächlich die allererste Wing-Tsun-Stunde, auf die ich mich schon so lange gefreut hatte. Das war tatsächlich der blassbackige Finn, der mich hier gerade auf die Matte geschleudert hatte. Und um mich herum waren tatsächlich die anderen Jungs aus dem Kurs, die sich das Lachen kaum verkneifen konnten.

»Das musst du ganz locker sehen, Rick«, meinte Tobi und half mir wieder auf die Beine. »Manchmal sieht man einem nicht an, was wirklich in ihm steckt. Finn ist ein echtes Naturtalent. Ist schon 'ne Weile her, dass mich ein Schüler in seiner ersten Stunde auf die Matte befördert hat.« Anerkennend klopfte er Finn auf die Schulter.

Von wegen locker sehen! Mit *locker* hat das schon mal gar nichts zu tun!

Ich meine, stellt euch das doch mal vor: Von meinem Pa hatte ich ein echtes Jackpotgeschenk gekriegt. Endlich hatte er unterschrieben! Nach tagelangem Herumbetteln. Das war keine normale Unterschrift, es handelte sich um DIE Unterschrift überhaupt.

Megahammersuperjackpot geknackt!, hatte ich gedacht und innerlich den wildesten Freudentanz aufgeführt. Doch dann – einfach so, ohne Vorwarnung und noch dazu mit einem väterlichen Grinsen auf den Lippen – hatte Pa die Bombe platzen lassen.

»… und damit du nicht allein hingehen musst, haben wir Finn auch angemeldet. Na, ist das eine tolle Überraschung?!«

Yeah! Wie genial. Wo ist der Eimer, in den ich mich übergeben kann?

Kehren wir dann bitte noch zu der entsetzlichen Tatsache zurück, dass mein Leben sowieso kein Fürzchen mehr locker war, seitdem Pa und Linda-Schatzi sich wie siamesische Zwillinge aufführten, die an den Lippen zusammengewachsen waren. Aus der Traum vom wilden Männer-WG-Leben mit Pa, seinem Kumpel Wutz und Kater Gismo. Zerplatzt wie eine fette Seifenblase.

Aus dem coolen Männerquartett war so etwas Ähnliches wie eine Patchworkfamilie geworden. Multikulti noch dazu, denn Linda war ja ursprünglich aus dem Land der Elche zu uns herübergeflattert und ihr Sohn Finn war zur Hälfte Schwede und zur anderen Mexikaner. Hossa!

Ihr erinnert euch doch noch, wie ich in diese miese Lage geraten konnte?

Ich, Rick Michalski, Eishockeystürmer der Hannover Young Indians, hatte wirklich alles unternommen, damit der alberne Liebeskram zwischen Pa und meiner ehemaligen Kunstlehrerin Linda Nilsson ein sofortiges Ende nehmen würde. Und mit Streber-Finn wollte ich auch nichts zu tun haben. Null!

Inzwischen hatte ich mich irgendwie mit der Sache abgefunden. Vielleicht, aber wirklich nur vielleicht, gefiel es mir sogar. Naaa guuut, ihr habt mich durchschaut, ich fand es mittlerweile ganz okay. Nachdem Finn und ich eine abgefahren abenteuerliche Nacht im Museum verbracht und auf der schnulzigen Liebeskreuzfahrt unserer Eltern einen echten Brand an Bord entdeckt hatten, waren Finn und ich sogar so was wie Freunde.

Aber deshalb musste ich den Spargeltarzan doch nicht gleich zum coolsten Kurs der ganzen Stadt mitnehmen. Und dass Finn das genauso sehen würde, war für mich klar wie Kloßbrühe.

Doch was machte er, als mein Pa uns die grausige Nachricht eröffnete? Freute sich ein zweites Loch in den Bauch. Echt, manchmal hatte der wirklich nicht alle Bananen in der Staude.

Ich meine, Finn liebt Bücher, schreibt leidenschaftlich gerne Buchrezensionen, spielt Violine (freiwillig!) und ist 'ne hundertprozentige Milchschnittenstreberbacke. Was wollte so einer bei einem Kampfsportkurs?

Und genau das fragte ich ihn dann auch, als er vorm Eingang der Kampfsportschule freudestrahlend auf mich wartete.

»Wie kommst du darauf, dass Wing Tsun nichts für mich ist?«, erwiderte er verwundert.

»Da hätte ich zwei Worte für dich: Wille und Kraft!«

Finn glotzte mich verständnislos an. »Verstehe ich nicht.«

»Dir fehlt beides!«

Er zuckte gleichgültig mit den Schultern, zog die Tür auf und ging hinein …

Was danach geschah, wisst ihr ja bereits: Finn entpuppte

sich als Naturtalent und schickte so ziemlich jeden, der sich traute, gegen ihn anzutreten, während dieser ersten denkwürdigen Wing-Tsun-Stunde auf die Matte.

Am Ende konnte ich nichts anderes tun, als den Ort meiner schlimmsten Blamage mit eingezogenem Kopf fluchtartig zu verlassen. Und zu hoffen, dass die anderen im Kurs diesen endpeinlichen Moment schnell wieder vergessen würden …

Als ich in unsere Wohnung gestolpert kam, war Linda gerade dabei, Pa seine *schlechten Gedanken* auszustreichen.

Echt!

Früher war mein Pa mal so 'ne coole Socke. Inzwischen war er zu *Bärchen* mutiert, und wenn Linda meinte, dass Kreistanz zu Räucherstäbchenduft angesagt war, dann tänzelte er auch mal leichtfüßig wie 'ne junge Elfe durchs Billardzimmer.

Meine Oma Mary hockte mit ihrer herzschwachen Bulldogge Helena auf dem Sofa und schaute Linda und Pa bei ihrem Blödsinnskram zu. Auf ihrem Schoß befand sich eine riesige Pralinenpackung.

»Hey, Rick«, begrüßte sie mich. »Was machst du denn für ein Grummelgesicht?«

Grummelgesicht? Bestimmt nicht. Das war ein astreines Gleich-platze-ich-vor-Wut-Gesicht.

»Oh, Rick«, gab nun auch Pa seinen Senf dazu ab. »Ist Wing Tsun doch nicht so super?«

»Quatsch«, murmelte ich und verschwand aufs Klo.

Bevor ich die Tür hinter mir zuknallen konnte, rief Linda noch: »Wo ist denn Finn?«

»Mir doch egal!«, knurrte ich und ließ die Tür ordentlich krachen.

Vorm Spiegel übte ich ein paar hammerharte Nahkampfstellungen und konnte es noch immer nicht fassen, dass ausgerechnet Spargelfinn mich gerade achtmal hintereinander auf die Matte geschleudert hatte.

El Misto, ich musste dieses Buch finden, von dem er gefaselt hatte. Unbedingt.

»Rick, willst du da drinnen Wurzeln schlagen?« Das war Pas Stimme. Und sie hörte sich kein bisschen nach Frei-von-schlechten-Gefühlen an.

Ich drückte die Klospülung und drehte gleichzeitig den Wasserhahn volle Elle auf. Trotzdem war Pas dröhnendes Türklopfen nicht zu überhören.

Okay, Väterchen Nervensäge, du hast es nicht anders gewollt.

Wutschnaubend wie ein Stier riss ich die Tür auf und starrte ihn an, wie einer, der sich diesmal ganz bestimmt nicht auf 'ne popelige Kampfsportmatte befördern lassen würde. »Was ist denn?«

»Wir wollen los!«

»Wohin?«

»Zum Haus!«

»Welches Haus?«

Pa stöhnte. Auf seiner Stirn standen kleine Schweißtropfen.

»Es-es ist erst einmal nur so eine Idee …«, druckste er plötzlich herum.

»Idee?«, fragte ich völlig ahnungslos, denn *noch* ahnte ich wirklich nichts Böses. Das könnt ihr mir glauben!

2

NA, WAS SAGT IHR DAZU?
FANTASTISCH!
GROSSARTIG!
OBER-COOL!
AFFENKACKEN-MEGAMIES!!!

Wie gesagt, noch ahnte ich nichts Böses, als Pa seinem Linda-Schatzi einen hilflosen Blick zuwarf, während Mary auf dem Sofa hockte und sich eine Praline nach der anderen reinstopfte.

Doch leider änderte Linda das schlagartig.

»Also«, sagte sie gedehnt und grinste dabei wie Miss Honigkuchenpferd höchstpersönlich, »es ist so: Ich bin bei der Suche nach geeigneten Räumen für meine Heilpraktikerpraxis auf ein wunderschönes altes Haus gestoßen.«

»Aha«, machte ich und warf Mary einen irritierten Blick zu, weil sie plötzlich zu würgen anfing und so seltsam die Augen aufriss.

»Ich habe mich … uchu … uchu … an einer … uchu … Pra-uchu-line verschluckt«, hustete sie.

»Geht's?«, erkundigte sich Pa, während Linda ihr kräftig auf den Rücken klopfte. Aber nur so lange, bis Helena sie gefährlich anknurrte. Da ließ Linda ihr Patschehändchen schnell wieder sinken.

»Alles … hää-ähhhm … gut«, räusperte Mary sich.

In diesem Moment klingelte es an der Tür, und ich stürmte davon, um zu öffnen. – Und auch, um ein bisschen Zeit zu gewinnen, denn irgendwie hörte ich auf einmal sämtliche Alarmglocken tierisch laut in meinen Ohren schrillen.

Es war Finn, der mich kopfschüttelnd anblaffte: »Warum bist du denn einfach abgehauen? Du hättest ruhig mal auf mich warten können.«

»Ist doch egal«, knurrte ich.

»Prima, dann sind wir ja jetzt alle versammelt!«, klatschte Linda in die Hände, als ich mit Finn im Schlepptau zurück ins Billardzimmer kam.

Aus der hintersten Ecke des Raums erklang ein zartes Protestmaunzen. Gismo hockte verschüchtert neben der verdörrten Yuccapalme und schaute uns aus unendlich traurigen Kateraugen an.

»Wutz fehlt«, übersetzte ich Gismos gemaunzten Einwand.

»Der weiß es schon«, erklärte Linda.

»Was?«, riefen Finn und ich peinlich synchron.

»Das mit dem Haus.«

Okay, so weit waren wir bereits. Allerdings raffte ich noch immer nicht, warum es mich interessieren sollte, dass Linda für ihre bekloppte Heilpraktikerpraxis ein Haus gefunden hatte. Und noch viel weniger, warum *ich* es mir anschauen sollte.

»Es ist nämlich so: Das Haus ist riesig und wunderwunderschön. Und es bietet Platz für uns alle. Finn, Rick, Philipp und mich, Mary und Helena und Wutz und Gismo. Jeder könnte seinen eigenen Bereich bekommen und ich meine Praxisräume und …«

»Wie-wie j-jetzt?«, stammelte ich völlig verdattert. »Wir sollen da ALLE ZUSAMMEN einziehen?«

»Ja«, sagte Linda und lachte.

Mir war alles andere als nach Lachen zumute. Linda schien es wirklich ernst zu meinen. Bei dem Gedanken daran, dass auch Pa so etwas total Verpeiltes tun wollte, wurde mir ganz anders. – Kotzübel, um genau zu sein.

Hilfe suchend blickte ich zu Mary. Doch die schob sich nur zwei Pralinen auf einmal in den Mund und tätschelte Helena den nicht vorhandenen Bulldoggenhals.

»Nun mach doch nicht gleich so ein Gesicht«, sagte Pa. »Wir wollen es uns erst mal *nur* anschauen.«

»Genau«, stimmte Linda ihm zu. »Aber ich bin mir sicher, ihr werdet total begeistert sein. Es ist nämlich sehr geschmackvoll.«

»Tja«, meinte Finn, »Teebeutel sind das auch. Deswegen möchte ich aber nicht gleich in einem wohnen.«

Hä? Teebeutel? Na ja, egal, Hauptsache, Finn war ebenfalls dagegen.

Ich kloppte ihm auf die Schulter und grinste zufrieden. »Genau. Niemand möchte in irgend so einem stinkenden Teebeutel wohnen.«

Obwohl Finn die Sache mit dem Teebeutel ins Spiel gebracht hatte, motzte Pa mal wieder mich an. »Schluss jetzt, Rick! Wir hatten eine Abmachung. Du darfst zu diesem Kurs und bist dafür nicht ständig pauschal gegen alles.«

Hallo? Das war Erpressung! Eindeutig. Und so etwas aus dem Munde eines Oberkommissars.

»Aber bestimmt nicht, wenn es um irgendwelche Teebeutelhäuser geht«, regte ich mich auf. »Außerdem hast du gesagt, dass du unterschreibst, wenn ich versetzt werde.«

»Blödsinn, ich habe eindeutig gesagt, dass ich dir den Ku…«

»Kinder, Kinder«, rief Mary dazwischen. »Nun streitet doch nicht schon wieder.«

»Aber …«

»Nichts aber, Rick!«, befahl Mary.

»Genau!«, sagte Pa.

»Und du solltest auch mal runterkommen, Philipp. Du bist ja geladen bis in die Haarspitzen.«

Pa öffnete den Mund, schloss ihn jedoch gleich wieder, weil Linda ihm die Hand auf die Schulter legte und säuselte: »Mary hat recht. Du bist wirklich extrem angespannt, Bärchen.«

»Bin ich gar nicht!«

Jeden Moment platzt sie. Gleich passiert es, schoss es mir durch den Kopf, während ich wie gebannt auf Pas Halsschlagader starrte, die deutlich sichtbar hervorgetreten war.

Für den armen Gismo war der Zoff anscheinend auch zu viel, denn er maunzte noch einen ganzen Zacken herzzerreißender.

»Vielleicht ist er unglücklich wegen Wutz«, überlegte Linda. »So wie du, Bärchen.« Sie wuschelte meinem Vater durchs Haar und verzog sich dann mit ihm in die Küche.

»Sind die jetzt total irre geworden?« Ich ließ mich neben Mary aufs Sofa plumpsen. »Und warum sollte Pa wegen Wutz unglücklich sein?«

Mary seufzte tief. »Philipp hat Wutz bei der Arbeit angerufen und ihm von Lindas Plänen erzählt. Und der hat sich klipp und klar dazu geäußert«, erklärte sie.

»Und wie?«, wollte Finn wissen.

»Wutz hat gesagt: ›Nur über meine Leiche!‹ Seitdem ist Philipp völlig durch den Wind, weil er zwischen den Stühlen steht.«

»Alles klar«, meinte Finn, »auf dem einen sitzt meine verliebte Mutter und auf dem anderen der coole Wutz.«

»Ich bleib beim coolen Wutz!«, beschloss ich spontan und lehnte mich ins Sofa zurück.

Mary schüttelte den Kopf. »Quatsch. Keiner bleibt irgendwo. Wir werden das zusammen durchziehen oder sein lassen. Aber bevor wir uns darüber das Hirn zermartern, sollten wir uns das Haus vielleicht erst einmal ansehen. So, und nun habe ich lange genug hier herumgesessen.« Schwungvoll erhob sie sich vom Sofa und ging Richtung Küche.

»Philipp, Linda, kommt ihr? Ich habe nicht den ganzen Tag Zeit.«

Keine halbe Stunde später stand ich sprachlos vor dem Haus. Ähm … *Haus* war der falsche Ausdruck. Abgewrackte Ruine mit Fenstern traf es eher. Aber als ob die Tatsache, dass dies nichts mehr als eine heruntergekommene Bruchbude war, nicht schon schlimm genug wäre, befand sich direkt hinter uns auch noch ein Friedhof. Ich fasse zusammen: vor mir Horrorhaus, hinter mir Friedhof und neben mir außerdem noch ein Steinmetz und zur anderen Seite ein sonderbares knallbuntes Haus, das Finn gerade staunend anglotzte.

»Das ist ja total abgefahren«, fand er.

Ich popelte nachdenklich in der Nase herum. »Da wohnen bestimmt Punker.«

»Unsinn«, zischte Linda. »Da wohnt eine nette junge Frau.«

»Na und, deswegen kann die doch trotzdem ein Punker sein.«

Pa sah mich an, als ob ihm jede Sekunde die Schädeldecke wegfliegen würde. Doch bevor er losmotzen konnte, fragte Finn: »Ähm, Mama, und wo ist nun das Haus, in das wir eventuell einziehen werden?«

»Na ja, du stehst doch direkt davor«, erklärte sie.

»Wovor?«

»Vor unserem zukünftigen Zuhause. Wir müssen nur noch den Vertrag unterschreiben«, zwitscherte Linda vergnügt.

Pa hob brummend die Hände. »Schaun wir mal.«

Doch Linda beachtete ihn gar nicht. Fröhlich wie die Morgensonne höchstpersönlich tänzelte sie durch den Vorgarten. Äh … durchs Trümmerfeld, das irgendwann mal ein Vorgarten gewesen sein könnte.

»Ich sehe schon alles ganz deutlich vor mir. Hier kommt eine grüne Friesenbank hin. Daneben unzählige Bachblüten und die schöne alte Haustür werden wir restaurieren und ebenfalls in Friesengrün streichen.«

»Hm«, machte Mary. »Ich weiß nicht, ich weiß nicht. Vielleicht sollten wir die Tür doch lieber in Natur belassen?!«

Hallo?! Geht's noch? Die stritten sich über die Haustürfarbe, dabei fehlte quasi die Hälfte des Dachs!

Ich holte tief Luft. »Also, wenn ich auch mal was sagen darf …«

»Nein!«, bestimmte Pa, noch bevor ich ausgeatmet hatte.

Schnaufend verschränkte ich die Arme vor der Brust und starrte Löcher in die Luft. Dann eben nicht! Dann schwieg ich ab sofort eben wie ein Grab.

Unterdessen hatte Linda den Hausschlüssel hervorgekramt und versuchte, die windschiefe Tür zu öffnen. Doch das Teil wollte nicht. Bestimmt weil sich dahinter ein schreckliches Geheimnis verbarg oder so.

»Mist«, fluchte Linda. »Sie klemmt.«

»Lass mich mal«, sagte Pa.

Aber Lindas Ehrgeiz war geweckt. »Nein, ich schaffe das schon!«

Sie drückte kräftig mit beiden Händen dagegen. Doch die Tür blieb hartnäckig.

»Schatzi«, meinte Pa, »du musst das Standbein belasten und die Schulter einsetzen. Alter Polizeitrick bei Hausstürmungen.«

Linda nickte, streckte zu allem entschlossen das Kinn vor und nahm Anlauf.

Wooommms! Und schon lag sie samt der Tür mitten im Hauseingang.

Nach einer Schocksekunde sprang Pa ihr aufgeregt hinterher und zog sie wieder auf die Beine. »Oh Gott, Schatzi, hast du dir wehgetan?«

»Nein, nein«, erklärte Linda und schob sich die Brille zurück auf die Nase. »Aber die schöne Tür …«

Ich biss mir auf die Unterlippe. Jetzt bloß nicht lachen, Junge! Reiß dich zusammen! Pa dreht dir ein Gewinde in den Hals.

Aber als Finn furztrocken feststellte: »Nun braucht ihr euch wenigstens nicht mehr über die Farbe zu streiten«, da konnte ich nicht mehr und prustete laut los.

Wie erwartet warf Pa mir einen warnenden Oberkommissarblick zu. Doch dann begannen auch seine Mundwinkel, verdächtig zu zucken. Sekundenbruchteile später gackerte Mary wie ein tollwütiges Huhn und schließlich gab es wirklich kein Halten mehr. Wir lachten, dass sich die Balken bogen, und selbst Linda stieg irgendwann kreischend mit ein.

Kurz darauf verging mir allerdings das Lachen. Und zwar ganz genau in dem Moment, als ich das Haus betrat.

»D-das glaube ich nicht«, krächzte ich fassungslos in das Japsen der anderen hinein, während mir sämtliche Gesichtszüge flöten gingen. »Hat hier Dracula höchstpersönlich gehaust – oder tut es sogar noch?«

Der Flur war kein normaler Flur, sondern eine kleine Halle, die mit pechschwarzen Granitfliesen ausgelegt war. Rechts davon führte eine gewaltige dunkle Holztreppe hinauf zu den oberen Stockwerken. Das Ding sah aus, als ob es jeden Augenblick in sich zusammenkrachen würde. Genauso wie die Zimmertüren, die teilweise nur noch halb in den Angeln hingen oder komplett fehlten. Die altmodisch gemusterten Tapeten klebten in Fetzen an den Wänden, und egal wo man hinschaute, überall waren Staub und riesige Spinnweben.

»Wow«, entfuhr es Mary, die mir ins Haus gefolgt war. »Das ist ja …«

»… der glatte Horror«, beendete ich den Satz für sie.

Mary schüttelte den Kopf. »Nein, total groovy!«

Groovy? Ähm … hatte meine Oma zu viel Staub geschnüffelt oder was?

»Natürlich ist es eine Menge Arbeit«, trällerte jetzt auch noch Miss-Oberdurchgeknallt los. »Aber es steckt so viel Potenzial in diesem Haus und eine unglaubliche Atmosphäre …«

Mary nickte. »Absolut unfassbar. Und das mitten in der Stadt.«

Pa und Finn sagten zunächst gar nichts, was ich als gutes Zeichen deutete. Wie die meisten Frauen waren Mary und Linda nämlich leicht meschugge. Deswegen konnte man nicht alles ernst nehmen, was sie so von sich gaben. Das hatte ich schon lange geschnallt. Und Pa und Finn bestimmt auch.

»Na ja, wenn der Preis stimmt, wäre es eine Überlegung wert«, fiel mir Pa plötzlich in den Rücken.

Ich schnappte entsetzt nach Luft, presste mir die Hand aufs Herz und wimmerte: »Nur über meine Leiche.«

Finn kicherte albern. »Dann kannst du ja direkt gegenüber einziehen.« Er deutete mit dem Kopf Richtung Friedhof.

Ich war zu baff, um irgendetwas zu erwidern. Und außerdem ahnte ich ja noch nicht, dass das *eigentliche* Grauen nur wenige Schritte entfernt darauf lauerte, uns endlich kennenzulernen.

3

SCHAU DIR DAS HAUS DOCH ERST MAL AN!
DAS HAUS IST BLÖD!
DER SCHÖNE VORGARTEN!
BLÖD!
DIE FENSTER!
BLÖDI-BLÖD!
UND DIE TÜR!
KRACH
DIE TÜR IST SUPER!
?!?

Ich hatte nicht auf die Uhr geschaut, aber mal grob geschätzt fünfeinhalb Minuten später rannten wir alle um unser Leben. Linda war nämlich ein riesiger Klumpen Putz von der Decke direkt vor die Füße geklatscht.

Wir sprinteten durch den Vorgarten und bauten uns in sicherer Entfernung auf, um der Bruchbude ein Auf-Nimmerwiedersehen zuzurufen.

Also ich zumindest. Die Durchgeknallten neben mir schienen das irgendwie ganz anders zu sehen.

»Okay, beim nächsten Mal gehen wir mit Helm rein«, erklärte mein irrer Vater.

»Aber das Haus ist echt fantastisch«, schwärmte Mary. Linda samt Finn nickten begeistert.

Ich stöhnte auf und wandte den Kopf ab, weil ich den Anblick der Trümmerbude einfach nicht mehr ertragen konnte.

Auf dem Hof nebenan, mitten in einer Art Grabsteinausstellung, stand ein dicker Mann im grauen Kittel und gaffte uns an. Sein Bauch sah aus wie ein riesiger Wunderkürbis. Seine Augen verschwanden hinter runden Glasbausteinen und im Mundwinkel hing ihm wie festgetackert ein Zigarrenstummel.

Ich verpasste Mary einen unauffälligen Knuff in die Seite. Finn hatte den Kürbisbauchgaffer auch schon entdeckt. »Wir werden beobachtet«, flüsterte er.

»Das ist sicher der Steinmetzmeister«, meinte Mary und hob die Hand, um ihm breit grinsend zuzuwinken.

Doch er erwiderte ihren Gruß nicht. Seine Hände blieben regungslos in den Kitteltaschen, während er uns weiter anstarrte.

»Hallo!«, versuchte es nun auch Linda.

Keine Regung beim Kittelmän.

»Vielleicht ist der gar nicht echt?!«, überlegte Finn.

»Du meinst, der ist vom Friedhof geflohen?«, witzelte ich.

Bevor er etwas darauf erwidern konnte, setzte sich Kittelmän plötzlich in Bewegung.

Schritt für Schritt wie Mr Zombie höchstpersönlich kam er zwischen den Grabsteinen hindurch direkt auf uns zu.

Finn schnappte nach Luft. Ich konnte ihm ansehen, dass ihm der Arsch locker auf Grundeis ging.

»Uahaha … gleich zerrt er zwei mörderische Macheten aus den Kitteltaschen hervor«, prophezeite ich ihm mit eisiger Horrorstimme. »Und dann …«

»Rick, hör auf mit dem Blödsinn!«, blaffte Pa mich an, bevor ich schildern konnte, wie Kittelmän uns allesamt einen Kopf kürzer machte.

Horrorkittelmän hatte uns schon fast erreicht, als Marys Möchtegern-Wachhund Helena wie bekloppt zu kläffen anfing. Dabei drehte sie sich immerzu, als ob sie an einem Brummkreiselwettbewerb teilnehmen wollte.

»Süße, ruhig, ganz ruhig«, redete Mary auf sie ein.

Neben mir pumpte Pa sich auf und streckte die Brust raus. Er nahm wohl an, dass das irgendjemanden beeindrucken würde. Kittelmän bestimmt nicht. Unaufhaltsam kam er auf uns zu.

»Philipp-Bärchen«, flüsterte Linda, »sollen wir nicht lieber gehen?«

Ähm ... jetzt mal im Ernst. Mein Vater war Oberkommissar. Der musste doch mit so einem steinalten Kerl fertigwerden?!

Pa schien ähnlich zu denken, denn er knurrte empört in Lindas Richtung: »Blödsinn!«

Die Sekunden verrannen. Schweigend blickten wir dem Zombie entgegen. Verdammt, selbst ich pinkelte mir inzwischen vor Aufregung fast in die Hose.

»G-guten Tag. Wir-wir ha-haben uns nur das-das Haus neben-nebenan angeschaut«, versuchte Linda, uns irgendwie zu retten.

Doch Kittelmän verzog nur die Augen hinter den Glasbausteinen zu kleinen Schlitzen und kramte in seiner rechten Kitteltasche herum.

Heilige Yetikralle, jetzt macht der Typ ernst, schoss es mir durch den Kopf. Ich bin doch noch viel zu jung zum Sterben!

Mein Magen fing zu randalieren an. Mega-Durchfall-Alarm-Attacke!

Ich sah, wie sich Lindas Brustkorb ultraschnell hob und senkte. »Bärchen, der Mann macht mir irgendwie Angst!«, quiekte sie.

Kittelmän hatte anscheinend gefunden, wonach er suchte, denn er zog ein kleines blaues Etwas aus der Tasche hervor. So ein Ding, das aussah wie ein harmloser Kugelschreiber, aber wenn man es auf jemanden richtete und abfeuerte, dann flog derjenige mindestens hundert Kilometer durch die Luft und knallte volle Elle gegen einen Bus, ein Hochhaus oder, wenn er richtig Pech hatte, gegen ein Flugzeug.

Ich hielt den Atem an und ließ sogar zu, dass Finns dürre Finger sich angstvoll in meinen Unterarm krallten. Kalter Panikschweiß trat mir auf die Stirn, während Pa neben mir sonderbar schnaufte.

Einen kurzen Moment betrachtete Kittelmän den Kugelschreiber in seiner Hand – bestimmt überlegte er, wen von uns er zuerst abmurksen sollte –, bevor er sich damit im linken Ohr herumpulte.

»Oh Gott«, stöhnte Linda.

Kittelmän zog die buschigen Augenbrauen zusammen und schüttelte den Kopf. Er öffnete den Mund, schloss ihn aber sofort wieder, weil Helena erneut zu kläffen anfing.

»Aus! Und! Platz!«, brummte Kittelmän knapp. Die eben noch so hysterische Bulldogge gehorchte aufs Wort.

»Das-das ist ja unglaublich«, krächzte Mary, die zur Sicherheit schon mal Helenas Medizin aus der Handtasche hervorgekramt hatte. Ihre herzschwache Bulldogge litt nämlich unter Ohnmachtsanfällen. Da half dann nur noch ein wenig *Klosterfrau Melissengeist.*

Aber jetzt hockte Helena entspannt und kein bisschen der Ohnmacht nahe auf dem Boden und glotzte Kittelmän aus wässrigen Bulldoggenaugen an. Mary war so baff, dass sie selbst einen ordentlichen Schluck aus der Flasche nahm.

»Bäh, das schmeckt doch gar nicht«, brummte Kittelmän, ohne dass ihm dabei der Zigarrenstumpf aus dem Mund fiel. »Im Büro hab ich 'nen ordentlichen Kirschlikör.«

»Soll das eine Einladung sein?«, fragte Linda hörbar erleichtert.

Auch Pa hatte nun endlich seine Stimme wiedergefunden – na ja, zumindest einigermaßen. »Guten Tag, Herr ...?«

»Krampf!«

»Im Fuß oder in der Wade?«, fragte ich.

Finn gluckste leise und Pa motzte: »Rick, benimm dich gefälligst!«

Aber Kittelmän schien mich sowieso nicht gehört zu haben. »Also, was ist jetzt? Begleitet ihr mich nun in meine bescheidene Hütte, oder wie? Kann auch 'nen ordentlichen Kaffee anbieten«, brummte er.

Pa hob abwehrend die Hände. Doch Linda und Mary waren total aus dem Häuschen und nickten um die Wette. Oder sie trauten sich einfach nicht, Nein zu sagen.

»Super Idee!«, fand Linda.

»Genau das, was ich jetzt brauche!«, meinte Mary.

»A-aber wir wollten doch noch den Garten besichtigen und Pläne schmieden«, erinnerte Pa.

Keine Chance. Wie Willi seiner Biene Maja hinterherschwirrte, folgten wir Kittelmän in sein Büro. Allen voran Finn. Natürlich wieder voll auf Einschleimkurs. »Herr Krampf, haben Sie die ganzen Steine hier selbst hergestellt?«

»Hasso!«

»Wie bitte?«

»Du kannst Hasso zu mir sagen.«

»Ach so. J-ja, gerne doch. Danke … ähm … Hasso«, stammelte Finn.

Hasso Krampf! Ich schmeiß mich weg!, lachte ich innerlich. Aber jetzt war mir wenigstens klar, warum Helena ihn mit verliebten Bulldoggenaugen anstierte. Die hielt den Typen für 'ne Riesenbulldogge!

In Kittelmäns Büro musste gerade eine Bombe eingeschlagen sein. Anders war das Chaos nicht zu erklären. Überall lag was herum und war zusätzlich mit einer dicken Staubschicht überzogen. Da sollte mir noch mal einer sagen, mein Zimmer wäre unordentlich.

»Jungs«, brummte er Finn und mir zu, »räumt mal den Krams zur Seite, damit die Damen sich's auf der Bank bequem machen können. Ich hole schon mal Tassen.« Damit verschwand er Richtung Küche.

»Hier fasse ich nix an!«, erklärte ich und verschränkte die Arme vor der Brust.

Aber Finnilein räumte artig den Müll von der Bank, zog anschließend sogar noch ein Papiertaschentuch hervor und wischte damit über die schäbige Sitzfläche aus rotem Kunstleder.

»So sollte es gehen«, entschied er und grinste Mary und Linda an.

Die beiden setzten sich. Obwohl ich Mary ganz genau ansah, dass sie sich tierisch ekelte. Auf dem Tisch vor ihnen lag so ziemlich alles herum, was einem das Mittagessen wieder hochkommen ließ.

»Bah«, schüttelte ich mich. »Da soll sich noch mal einer über den Dreck am Pferdeturm beschweren.«

»Rick! Jetzt reiß dich zusammen«, knurrte Pa, blieb aber ebenfalls stehen und schaute sich angeekelt im Raum um.

»Setz du dich d...« Weiter kam ich nicht. Kittelmän kehrte nämlich aus der Küche zurück. In den Händen hielt er ein Tablett mit Kaffeetassen und vier kleinen Schnapsgläsern drauf.

»Dann wollen wir es uns mal gemütlich machen, gelle?!«, brummte er.

Ich wollte es mir aber nicht gemütlich machen. Und schon gar nicht mehr, als Kittelmän die Milch mit *dem* Kugelschreiber in seinen Kaffee einrührte, mit dem er sich kurz zuvor noch im Ohr herumgeprockelt hatte.

Wüüürrg ...

Mit einem Mal machte sich das flaue Gefühl von vorhin erneut in meinem Bauch bemerkbar. Ich musste dringend aufs Klo. Und zwar richtig!

»Wo ist denn die Toilette?«, murmelte ich.

»Hinten rechts«, sagte Kittelmän und fegte mit der Hand etwas Müll vom Stuhl.

Gehorsam stapfte ich den Gang entlang. Machte die Tür zum Klo auf und gleich wieder zu. Der Anblick war ja noch schlimmer als bei unseren Schulklos – und das sollte was heißen! Schnurstracks machte ich kehrt. »Ich brauch mal frische Luft«, erklärte ich und stürmte raus.

Draußen atmete ich einmal tief durch – und musste immer noch. Und WIE.

»Finn!«, rief ich ins Büro zurück. »Komm mal her!«

»Was ist denn?«, nölte Finn, kaum dass er die Tür geschlossen hatte. »Hasso hat gerade so eine lustige Geschichte erzählt.«

»Ich muss mal und du sollst Schmiere stehen.«

»Aber du warst doch ge...«

Ich fiel ihm ins Wort. »Dagegen sind die Dixis beim Maschseefest Luxus«, erklärte ich. »Los, da drüben hinterm Baum. Hast du noch Taschentücher?«

Finn nickte und ich sprintete los, am Jägerzaun vorbei direkt auf die große Eiche zu. Ich hockte mich hin und legte gleich los.

»Rick!«, rief Finn hektisch. »Das gehört schon zum Kirchengrundstück!«

»Quatsch. Pass lieber auf, dass keiner kommt.«

Ich hatte meinen Satz gerade zu Ende gebracht, da begann eine Kirchturmglocke zu läuten. So laut, als ob ich direkt daneben hocken würde. Verwundert drehte ich mich um. *Ich hockte direkt daneben!*

Nur ein paar Schritte entfernt befand sich eine kleine Kapelle, die ich von der Straße aus überhaupt nicht gesehen hatte. Gerade öffnete sich die schwere Holztür und ein Mann mit langem schwarzem Umhang trat heraus.

Auweia, der Pfarrer!

In Hockstellung hüpfte ich um den dicken Baumstamm herum.

»Rick! Schnell!«, rief Finn panisch.

Aber wie denn? Ich war gerade dabei, ein astreines Ei zu legen!

»Jetzt mach schon. Da kommen noch mehr Leute raus!« Finn explodierte fast.

Aber … aber … Hektisch hüpfte ich noch ein Stückchen um den Baum. »Wirf mir die Tücher rüber.«

»Bist du irre?! Komm jetzt da weg. Die sind gleich bei uns.«

»Ich brauch erst die Tücher!«, schnauzte ich zurück und machte einen weiteren Hüpfer.

Finn stöhnte verzweifelt. Warf das Päckchen über den Zaun und rannte davon.

Typisch Blassbacken-Finn. Ließ mich einfach mit heruntergelassener Hose hinterm Baum hocken, während der Pfarrer samt Gefolge immer näher kam. – Und die Taschentücher hatte El Blödi auch noch gut einen Meter an mir vorbeigeworfen.

Mierda! Mierda! Mierda!

»Hallo?! Was machst du denn da?« Das war der Pfarrer. Klar, dass er nur mich meinen konnte. Wer sonst hockte am helllichten Tag mit der Jeans in den Kniekehlen hinter einer Eiche direkt neben seiner Kirche und streckte ihm den blanken Hintern entgegen?

Mann, Rick, wie blöd kann man eigentlich sein?!

»Ich habe mich gerade gefragt, ob dieser Baum hier von Blattläusen befallen ist.«

Hä? Das war aber nicht meine Stimme.

»Und deswegen musst du gleich raufklettern?«, wunderte sich der Pfarrer. »Ist dir eigentlich klar, wo du hier bist?!«

»Natürlich, Herr Pfarrer«, empörte sich Finn.

»Somit sollte dir wohl auch bewusst sein, dass es keinen Grund gibt, auf dem Boden der Kirche auf Bäume zu klettern, denn ...«

Keine Ahnung, was der Pfarrer noch so alles sagte. Ich beschloss nämlich, mich schnellstmöglich vom Acker zu machen. Mit oder ohne Abwischen. Dann gab's halt Rallyestreifen in der Unterhose.

Aber dieser Tag – dieser selten blöde Tag – war einfach nicht meiner! Ich hatte gerade die Lurchpforte wieder zugezogen und zum Sprung über den Jägerzaun angesetzt, da verhakte sich mein bekloppter Schnürsenkel in der oberen Zaunspitze. Bevor ich es schnallte, knallte ich schon volle Kanne auf den Bürgersteig, während mein linker Fuß oben im Zaun festhing.

»Aaaarrghh!«, schrie ich. Dann küsste ich auch schon das Pflaster.

Wie ein Irrer fummelte ich an meinem Schnürsenkel herum, um mich so schnell wie möglich zu befreien. Und dabei konnte ich nur eines denken: WEG HIER! Und nienieniemals wiederkommen. NIEMALS!

4

MANN! ERST DAS HORROR-HAUS ...
DANN DIESER FIESE WALDSCHRAT HASSO UND SEINE VERWARZTE BUDE ...
-Schule
... UND DANN NOCH DIE SACHE AUF DEM FRIEDHOF!
SCHLIMMER KANN ES ECHT NICHT KOMMEN!
ÜBERRASCHUNG! NA, RICHARD? ERFREUT, MICH ZU SEHEN?

Zu Hause schleppte ich mich sofort vor den Badezimmerspiegel, um mein lädiertes Gesicht unter die Lupe zu nehmen. Alter Falter, als ob ich einen der Klitschko-Brüder schief von der Seite angemacht hätte! Stirn, Nase und Kinn hatten als Bremsbeläge herhalten müssen, als ich über den Asphalt geschlittert war. Der schrammfreie Rest meines Gesichts war schmutzig.

Und so war ich durch die halbe Stadt gerannt. Quasi als Zwillingsbruder von Quasimodo.

Als ich mich einigermaßen verarztet hatte, stand Finn mit einem Mal schnaufend im Türrahmen.

»Sag mal, spinnst …«, motzte er los. Doch dann fiel ihm wohl mein zerschrammtes Gesicht auf und er bekam vor Schreck nichts mehr raus.

»Willkommen in der Kirche. Der Herr segne und behüte dich«, sagte ich lässig.

»Die anderen sind auch gleich da«, japste Finn. »Ich bin vorgerannt, um dich zu warnen. Dein Vater kocht vor Wut, weil du einfach abgehauen bist.«

»Na und? Mir doch völlig wurscht«, entgegnete ich schulterzuckend.

Meine Schultern hatten noch nicht zu Ende gezuckt, da stürmten auch schon Pa, Linda und Mary, gefolgt von der keuchenden Helena, in die Wohnung und stierten mich an wie ein Rudel Jagdhunde ein Kaninchen.

Ich blickte in die Runde und merkte plötzlich, wie meine Entschlossenheit wuchs.

»Ich werde auf keinen Fall in dieses bekloppte Haus einziehen! Ich! Bleibe! Bei! Wutz! Und! Gismo!«

Und weil Pa gleich wieder zu meckern anfangen wollte, knallte ich ihm einfach die Badezimmertür vor der Nase zu.

Während draußen lautstark gestritten wurde, pflanzte ich mich drinnen auf den Badewannenrand und dachte über mein total verkorkstes Leben nach. Irgendwann hörte ich Türen zuscheppern und danach herrschte endlich astreine Stille in der WG.

Schließlich wagte ich mich aus dem Bad. Beim Rausgehen fiel mein Blick auf Lindas hässliche Öko-Clogs neben der Tür. Ich schnappte mir Pas Superweiß-Mach-Zahnpasta und verteilte den Inhalt großzügig in den Schuhen.

Danach ging es mir ein kleines bisschen besser.

Zum Abendessen waren wir ausnahmsweise mal unter uns. Na ja, bis auf Wutz, der seit Tagen topsecret im Einsatz war.

Gismo lag mit Depri-Miene im Körbchen und ließ aus Frust in regelmäßigen Abständen eine seiner berühmtberüchtigten Stinkbomben los. Er hatte den Schock, dass Helena mehrere Wochen bei uns gewohnt hatte, wohl noch immer nicht richtig verarbeitet, weshalb Wutz sogar schon darüber nachgedacht hatte, ihn zu einem Katerpsychiater zu bringen.

»Wir müssen reden«, brummte Pa, während er sein Butterbrot mit drei dicken Scheiben Kochschinken belegte.

»Wenn das Linda sieht«, zog ich ihn auf. Sein Schatzi war nämlich eine überzeugte Vegetarierin.

Pa knurrte etwas Unverständliches und biss in sein Brot. Kauend sah er mich an, und nach einer Weile, in der ich schon gehofft hatte, dass er es sich anders überlegt hätte, begann er dann doch zu reden.

»Die Sache ist beschlossen, Rick. Wir werden das Haus kaufen.«

Super! Vielen Dank auch, lieber Vater! Das hast du mir echt schonend beigebracht!

Ich ließ mein Würstchen zurück auf den Teller plumpsen und verschränkte die Arme vor der Brust.

»Ich bleibe bei Wutz!«

»Blödsinn!«

Hallo? Vermutlich hatte ich mich nicht verständlich genug ausgedrückt. Also versuchte ich es gleich noch einmal: »ICH ZIEHE NICHT UM! TAUSENDPROZENTIG!«

Pa musterte mich kühl. Kein bisschen wie ein verständnisvoller Papi, der sich um seinen geliebten Sohn sorgte. Hinzu kam, dass er so ein komisches Knurren von sich gab. Ich wich seinem Blick aus und starrte einfach nur stur auf das Würstchen vor mir auf dem Teller.

Eigentlich war er ja gar kein so übler Vater. Im Vergleich zu den verspießerten Vätern meiner Kumpel war er immer echt gut weggekommen. Doch das war VOR Linda gewesen.

»Pass auf, Rick«, versuchte er es jetzt auf die pädagogische Tour. »Ich kann mir vorstellen, wie es gerade in dir aussieht und wie verunsichert du bist.«

Blödsinn! Der hatte null Plan davon, wie es war, ich zu sein.

»Aber ich finde, du bist alt genug ...«

Ich schaltete auf Durchzug. Denn knallplötzlich war mir eingefallen, wie ich aus dem ganzen Schlamassel wieder rauskommen konnte.

»Ich mache dir einen Vorschlag«, erklärte ich, nachdem Pa endlich mit seinem Vortrag fertig war. »Wenn Wutz auch in das Haus einzieht, komme ich mit! Wenn er Ja sagt, bin ich dabei. Abgemacht?«

Siegessicher hielt ich ihm die Hand zum Einschlagen hin. Eines war nämlich so sicher wie die Tatsache, dass einem von Gismos Fürzen schwindelig wird: Wenn Wutz einmal Nein gesagt hatte, dann würde nichts im weiten Universum ihn dazu bringen, seine Meinung zu ändern!

Pa zögerte kurz. Seine Lider zuckten. Aber ich fixierte ihn mit unnachgiebigem Blick. »Gut«, sagte er schließlich und schlug klatschend ein. »Abgemacht!«

Innerlich machte ich einen wilden Freudentanz ums Siegesfeuer herum. Äußerlich nahm ich mein Würstchen vom Teller, biss herzhaft hinein und schenkte Pa ein fast engelsgleiches Lächeln.

Am nächsten Morgen war der erste Schultag nach den Ferien angesagt. Und – oh, achtes Weltwunder – ich freute mich irgendwie sogar darauf. Hier war ich wenigstens vor Pas bekloppten Umzugsplänen sicher, mit denen er mich beim Frühstück schon wieder hatte zutexten wollen.

Schwungvoll riss ich die Klassenzimmertür auf. Doch im nächsten Moment blieb mir die Spucke weg.

»F-Frau, ähm … P-Pü-Püttel-Püttelmeyer?«

Das absolute Grauen in Gestalt einer Lehrerin drehte sich langsam zu mir herum. Noch schlummerte ein winzig kleines Fünkchen Hoffnung in mir, dass ich mich täuschte. Dass das ganze Horrorhaus-Chaos in meinem Kopf mir eine fiese Hallu vorgaukelte. Doch dieses Dreifachkinn-Schwabbelgesicht gab es nur einmal. Und so eine Trommelfell-Killer-Stimme auch.

»Ach nein, was erblicken meine entzündeten Augen. Richard Michalski betritt als Erster den Klassenraum. Es geschehen noch Zeichen und Wunder. Wie siehst du denn überhaupt aus? Hast dich wohl mal wieder herumgeprügelt?!«

»Was machen *Sie* denn hier?«, war das Einzige, das ich herausbrachte.

Die Püttelmeyer legte sich den Wurstzeigefinger ans Kinn und tat so, als ob sie angestrengt nachdachte. »Tja, was mache ich wohl hier?« Dann klatschte sie albern in die Hände und rief: »Richtig! Unterrichten! Und nachdem wir das nun geklärt hätten, Richard, setz dich bitte auf deinen Platz!« Damit drehte sie mir ihr fettes Hinterteil zu und schrieb an die Tafel: *Willkommen im neuen Schuljahr, liebe Klasse!*

Aaarrrgh, das glaube ich jetzt nicht. Soll das etwa heißen, die furzbekloppte Püttelmeyer *bleibt* meine Klassenlehrerin? Aber … aber …

Sprach- und auch irgendwie kopflos schlich ich zu meinem Platz.

Nach und nach trudelten die anderen aus meiner Klasse ein. Jedes Mal spielte sich das Gleiche ab: Sie blieben wie angewurzelt stehen, gafften die Püttelmeyer an und trotteten dann mit Friedhofsmiene zu ihren Stühlen. Nelly kam als Letzte rein und auch ihr klappte ordentlich die Kinnlade runter. Bevor sie sich setzte, schaute sie aber noch kurz zu mir rüber und lächelte.

Die Püttelmeyer hievte die rechte Hälfte ihres gewaltigen Hinterteils aufs Pult und grinste scheinheilig in die Runde. »Vor den Ferien war es noch nicht ganz sicher. Deswegen kann ich euch erst jetzt die freudige Nachricht verkünden: Ich bleibe für mindestens ein weiteres Jahr eure Klassenlehrerin!«

Betretenes Schweigen. Bis auf Marvin, der eine Reihe hinter mir murmelte: »Kann mich mal einer kneifen? Ich habe gerade einen fiesen Albtraum.«

Einige kicherten. Ich nicht, denn selbst dafür war ich zu geschockt.

Püttelmeyers Riesenlauschern war Marvins Kommentar natürlich nicht entgangen, weshalb sie ziemlich angekotzt in seine Richtung glotzte und mit eisiger Stimme erklärte: »Somit entfällt das übliche Vorstellungsprozedere, weil wir uns ja alle schon *sehr gut* kennen, und wir können sofort in den Unterricht einsteigen. Wer von euch fasst kurz zusammen, mit welchen Themen wir uns vor den Ferien im Deutschunterricht beschäftigt haben?«

Stille!

»Also wirklich«, regte sie sich auf. »Ihr könnt doch in sechs Wochen nicht alles vergessen haben?!«

Noch mehr Stille!

Wie immer, wenn keiner freiwillig etwas sagen wollte, nahm die Püttelkuh mich dran.

»Richard, dann sei du doch bitte so freundlich …«

»Äh, mit D-Deutsch und so was e-eben«, stammelte ich.

Die Püttelmeyer holte tief Luft und ich rutschte auf meinem Stuhl ein Stückchen tiefer. Der erste Wutanfall nach den Ferien, na, das hatte ja nicht lange gedauert!

Doch Nelly rettete mich. »Wir haben uns zum Beispiel mit den Regeln für die Groß-, Klein-, Getrennt- und Zusammenschreibung befasst. Und auch noch mit Sprechsilben und Wortbausteinen.«

Die Püttelmeyer nickte. »Gut, Nelly. Und für die anderen: Zu morgen erwarte ich eine dreiseitige Zusammenfassung von euch. Vielleicht bringt das eure müden grauen Zellen wieder etwas in Schwung.«

Wie bitte?! Die hatte doch nicht mehr alle Zacken in ihrer hässlichen Halstuchbrosche.

Der Rest der Doppelstunde zog sich wie Kaugummi. Die Püttelmeyer laberte und laberte und verteilte ein Arbeitsblatt nach dem anderen und ganz am Ende den neuen Stundenplan. Ich stopfte alles in meine Schultasche, ohne vorher einen Blick darauf zu werfen, und ärgerte mich wie blöd, dass ich nicht wie Elias sitzen geblieben war. Der hatte es jetzt wenigstens hinter sich.

Als es endlich klingelte, rannte ich wie von der Tarantel gestochen raus.

Okay, nicht sofort, weil die Püttelmeyer meinte: »Wann die Stunde zu Ende ist, bestimme ich und nicht die Schulglocke!«, und uns extra noch zwei Minuten im Klassenzimmer schmoren ließ. Aber dann startete ich voll durch. Ich hatte mich für die Pause mit Elias und ein paar anderen auf dem Schulbolzer verabredet und außerdem brauchte ich dringend Püttelmeyer-freie Luft.

Elias wartete schon auf mich. Er stand breitbeinig neben dem Tor und starrte auf die Rücken zweier Typen, die einen schmalen Jungen mit schwarzen Haaren zwischen sich hin- und herschubsten.

El Shitto, das war Finn!

Den einen Typen kannte ich. Mit dem Dicken war echt nicht zu spaßen. Spargeltarzan Finn konnte da einfach nur den Kürzeren ziehen. Also krempelte ich innerlich die Ärmel hoch und schnauzte: »Hey, lasst ihn sofort in Ruhe!«, obwohl mir dabei selbst ganz schön die Düse ging.

Dick und Doof drehten sich zu mir um. Ziemlich langsam und eindeutig bedrohlich.

»Was willst du mickriger Fliegenschiss denn?«, knurrte der Dicke.

»Siehst doch jetzt schon aus, als ob dich einer ordentlich durchgezogen hätte«, spottete der andere.

Zu allem entschlossen, drängte ich mich zwischen die beiden zu Finn, pumpte mich mächtig auf und hoffte, dass ich sie damit irgendwie beeindrucken würde.

Aber Pustekuchen, sie lachten sich einfach nur scheckig über mich.

»Lass mal«, raunte Finn und schob mich zur Seite, »ich klär das schon.«

Hä? Wie denn? Mit ausgeschlagenen Vorderzähnen? Ich schaute verdattert. Einmal, weil Finn annahm, mit denen allein fertigzuwerden, aber auch, weil ich aus dem Augenwinkel mitbekam, wie Elias, die feige Socke, gerade die Flucht ergriff. Okay, dann eben zwei gegen zwei. Na gut: zwei gegen eineinhalb!

Ich, der eine, stellte mich wieder neben Finn, den Halben, und nickte ihm kampfbereit zu.

»Gewalt ist keine Lösung.« Finn wollte mich erneut zur Seite schieben. Aber ich wollte nicht. Kein bisschen. Also schob ich wieder zurück. Und so ging es eine ganze Weile hin und her ... Verflixte Affenkacke, das musste so lächerlich aussehen! Doch Finn wollte einfach nicht damit aufhören.

»Was soll das denn sein?«, kringelte sich der Dicke. »Ein neuer Loser-Tanz?«

»Ich zeig dir gleich mal, wie getanzt wird!«, regte ich mich auf und ballte zur Sicherheit schon mal die Hände zu Fäusten.

Aber der Dicke kringelte sich nur noch mehr. Langsam und bedrohlich streckte er seine Pranke nach mir aus, und ich dachte einen winzig-winzig-vernichtend-winzigen Moment darüber nach, mich auch vom Acker zu machen.

Doch da verbeugte sich Finn auf einmal vor den beiden

und meinte: »Konflikte löst man intelligenter mit Worten statt mit Taten. Dennoch bestätigt die Ausnahme die Regel.«

Dick und Doof glotzten ziemlich plemplem aus der Wäsche, und ich schnallte auch nicht so richtig, was Finn da gerade trieb. Aber als er im nächsten Augenblick einen gewaltigen Kampfschrei ausstieß, sodass jeder, wirklich jeder Schüler, der sich gerade am Bolzer aufhielt, in Turbogeschwindigkeit angerannt kam, da hatte Finn den Dicken schon am Kragen gepackt und mit einem Schulterwurf aufs vertrocknete Grün befördert.

Der andere Typ starrte dümmlich von Finn zu seinem Kumpel am Boden und dann zu mir. Anscheinend erwartete er jetzt einen ähnlichen Hammergriff von mir.

»Jaaa, ich kann auch Wing Tsun!«, drohte ich deshalb und stellte mich Karate-Kid-mäßig in Pose.

Der Kerl verzog eindeutig beeindruckt das Gesicht und schoss davon. Im nächsten Moment rappelte sich der Dicke hoch, bedachte uns mit Racheblicken und humpelte seinem Kumpel hinterher.

»Wow«, hörte ich Nelly hinter mir staunen und drehte mich stolz grinsend zu ihr um.

Aber sie meinte gar nicht mich. Sie himmelte Finn an. »Das hätte ich dir echt nicht zugetraut.«

Und Finn, ich meine der Finn, dem ich gerade todesmutig zur Hilfe geeilt war, lächelte zurück und besaß sogar die Frechheit, dabei rot zu werden.

»Wenn du Lust hast, zeig ich dir mal ein paar Griffe«, trällerte er schwachsinnig daher.

NEIN! Hat sie nicht.

Null Komma null und nullzig!

Nelly nickte. »Das wäre toll.«

Das war eindeutig zu viel für mich. Erst die Püttelmeyer und jetzt auch noch das. Der Tag war wieder mal einfach nur zum Weglaufen.

5

DIE SIND ALLE TOTAL BLÖD!
SOLLEN SIE DOCH ALLEIN IN IHRE SCHROTT-BUDE ZIEHEN!
VROMM
ABER WIR BEIDE BLEIBEN IN UNSERER WG WOHNEN!
UNS BRINGT NIEMAND AUSEINANDER!
TIERARZT
PRAXIS
ÖFFNUNGSZEITEN
VROMM!
NUR DU UND ICH!
DING DONG
WIR BEIDE!!
FÜR IMMER UND EWIG!!!
?
JA, BITTE?

Es gab nur einen Menschen, der mich verstand. Nur einer kapierte, was in mir vorgegangen war, als ich nach der Szene mit Finn und Nelly keuchend an der Schulklotür lehnte: Wutz!

Und als ob er meinen stillen Wutz-Hilferuf erhört hätte, blickte er mir auf einmal entgegen, als ich nach der Schule die Wohnungstür aufschloss.

»Hi, Kumpel.«

Schlagartig ging es mir besser. Am liebsten wäre ich ihm um den Hals geflogen. Aber das kam mir doch ein wenig albern vor. Also grinste ich nur so breit, dass meine Mundwinkel fast einrissen.

»Hi, Wutz.«

Doch dann verschwand das Lächeln auch gleich wieder von meinem Gesicht, weil er echt finster aus der Wäsche guckte.

»Was ist denn los?«

Wutz deutete auf Gismo. Sein Kater lag rücklings im Körbchen. Alle viere von sich gestreckt, starrte er stur gegen die Zimmerdecke.

»Na ja, er ist eben immer noch beleidigt«, tat ich es schulterzuckend ab. Schließlich gab es eine Sache, die mir gerade viel mehr unter den Nägeln brannte. »Ich habe Pa gesagt, dass ich nur umziehe, wenn du mitkommst«, erzählte ich ihm auch gleich triumphierend. »Und da du das ja nicht vorhast, bleibt alles so wie gehabt. Ist doch perfekto, oder?!«

Aber Wutz schien mir gar nicht zuzuhören. »So geht das nicht weiter. Ich fahre jetzt mit ihm zum Tierarzt.«

»Hä?«, machte ich.

»War das die ganze Zeit so?«

»Was?« Irgendwie stand ich voll auf der Leitung.

Wutz schaute mich grimmig an. »Ist euch denn gar nicht aufgefallen, wie schlecht es Gismo geht?«, fragte er vorwurfsvoll.

»Doch … ähm … ich dachte, er schmollt eben noch immer wegen Helena und so …«, stammelte ich.

»Unsinn. Er ist ernsthaft krank«, erwiderte Wutz und zerrte die Transportbox aus der Abstellkammer hervor.

Gismo, der Sekunden zuvor noch wie in tiefster Meditation vor sich hin gestarrt hatte, schoss mit einem schrillen Katzenheuler in die Höhe.

»Siehste«, rief ich erleichtert, »der hat nix!«

Doch Wutz schüttelte den Kopf. »Das ist nur wegen der Box.« Und schon hatte er das Teil wieder in die Abstellkammer geschmissen und hetzte zu seinem hysterischen Kater zurück.

»Alles gut, mein Junge. Die böse Box ist ja schon weg.«

Dann wandte er sich an mich. »Du musst Gismo im Auto auf dem Schoß festhalten. Die Box regt ihn viel zu sehr auf.«

Blöd nur, dass ich gerade überhaupt keine Zeit hatte.

»Wir haben tierisch viel in Deutsch auf und um fünf ist Training.«

Wutz schüttelte den Kopf. »Schon verstanden. Zisch ab. Ich krieg das schon allein hin.«

Okay, ich geb's zu: Hätte ich in dem Moment auch nur ein bisschen meinen Verstand eingeschaltet, hätte ich gemerkt, was Sache ist. Aber dieses klitzekleine Fünkchen Verstand fehlte mir leider.

Ich nickte. Und weil ich lebensmüde war, erzählte ich auch noch: »Du glaubst nicht, was passiert ist! Ich muss mich noch ein weiteres Jahr mit der bekloppten Püttelmeyer herumärgern.«

Wutz klappte die Kinnlade herunter.

»Alter Falter«, sagte er beeindruckt.

Als er jedoch einen bedrohlichen Schritt auf mich zu machte, raffte ich endlich, dass er gerade dabei war, sich in einen grünen Wut-Hulk zu verwandeln.

»DAS IST JETZT NICHT DEIN ERNST?!«

Wutz knallte so heftig mit der Hand auf den Tresen, dass alles, was darauf herumstand, in die Luft hüpfte.

Und sein unsensibler Ziehsohn, dem Hausaufgaben und Eishockeytraining wichtiger waren als die Psyche seines tierischen WG-Kumpels, fing nun endlich an, sich zu schämen. Wirklich. Ich schämte mich einfach überall. Im Gesicht, im Bauch, in den Beinen, ja, sogar meine Füße schämten sich.

»Sorry«, murmelte ich mit rauer Stimme. »Klar komme ich mit. Training kann ich ausfallen lassen.«

Auf der Fahrt herrschte angespannte Stille im Auto. Entweder konzentrierte Wutz sich voll und ganz auf den Verkehr oder er war immer noch stinkig auf mich. Ich dagegen hatte alle Hände voll zu tun, Gismo davon abzuhalten, durch die Windschutzscheibe zu springen.

Das Einzige, was Wutz dazu von sich gab, war: »Es wäre vielleicht besser gewesen, wenn du dich mit Gismo nach hinten gesetzt hättest.«

Dass meine Hände und Unterarme inzwischen nur noch aus blutigen Kratzern bestanden (passend zu meinem ohnehin schon verschrammten Gesicht), war ihm keine Silbe wert.

Kurze Zeit später lenkte Wutz den Wagen auf den Parkplatz des Tierarztes. Er sprang raus, sprintete zur Eingangstür und blieb dann sekundenlang wie erstarrt davor stehen. Als er sich umdrehte, glich sein Gesicht einer Mischung aus Hulk und Feuerqualle.

»Der ist im Urlaub«, zischte er mir zu, während er sich schwerfällig in den Sitz zurückplumpsen ließ.

»Und nun?«, fragte ich zaghaft.

»Er hat die Adresse seiner Vertretung angegeben. Da fahren wir jetzt hin.«

Zum Glück schien Gismo inzwischen seinen Durch-die-Windschutzscheibe-in-die-Freiheit-Plan aufgegeben zu haben. Er hockte schlaff auf meinem Schoß und hechelte leicht. Geistesabwesend kraulte ich ihm das Fell und starrte dabei zum Seitenfenster hinaus.

Erst als wir direkt vor der Tierarztpraxis anhielten, raffte ich, wo wir uns befanden. Direkt neben *unserem* Trümmerhaus.

»Was wollen wir denn *hier*?«

Wutz schien auch leicht verwirrt zu sein. »Hm … aber die Adresse stimmt«, sagte er und stieg aus.

Ich folgte ihm. Gismo fest umschlungen, baute ich mich neben Wutz auf und gaffte das bunte Punkerhaus an.

»Das sieht aber kein bisschen nach Tierarztpraxis aus«, fand ich.

Wutz nickte und Gismo miaute.

Ich drehte mich um und wollte zum Auto zurück, aber Wutz rührte sich nicht von der Stelle.

»Was denn?«

»Vielleicht täuscht der äußere Eindruck. Gismo muss *jetzt* zum Tierarzt. Schau doch mal, wie schlapp er auf deinem Arm hängt.«

Bevor ich etwas erwidern konnte – zum Beispiel, dass sein heiß geliebter Kater schließlich auch seine ganze Energie darauf verwendet hatte, mir während der Fahrt seine spitzen Krallen in Hände und Arme zu jagen –, hatte Wutz schon geklingelt.

Es dauerte keine Minute, da wurde die Tür stürmisch aufgerissen und eine junge Frau mit langen dunklen Locken stand vor uns. Ich erkannte deutlich, wie Wutz' Hals steif und sein Rücken sehr, sehr gerade wurde. Wenn ich es nicht besser gewusst hätte …

Und schon stammelte er los: »Ach … hall-hallo … ich-ich … äh, ich meine, mei-mein Kater, ähm … Gismo, er-er ist k-krank …«

Niemals zuvor hatte ich Wutz so oberpeinlich herumstottern hören. NOCH NIE!

»Dann schau ich mir am besten mal an, was mit Ihrem Gismo los ist«, erwiderte die Frau lächelnd.

Wutz rührte sich nicht von der Stelle. Er tat nix. Vielleicht atmete er noch nicht einmal mehr. Keine Ahnung.

Ich jedenfalls trabte zur Tür und hielt ihr Gismo hin. »Da ist er!«

Die Frau schaute mich prüfend an. »Gehörst du nicht zu der Familie, die das Haus nebenan kaufen möchte?«

Wutz machte: »Hä?«, und ich schüttelte turboschnell den Kopf. »Nö, wie kommen Sie denn auf das schmale Brett?«

»Rick!«, motzte Wutz und verpasste mir einen echt fiesen Ellbogencheck gegen den Oberarm. »Jetzt benimm dich mal!«

Die *angebliche* Tierärztin sah leicht irritiert zwischen Wutz und mir hin und her, bevor sie langsam den Kopf schüttelte. »Hm, ich dachte, ich hätte dich vor ein paar Tagen mit deiner Familie drüben gesehen. Und Hasso meinte später, dass ihr das Haus kaufen wolltet. Na ja, dann habe ich mich wohl getäuscht.«

»Hasso? Haus?« Wutz' Gesicht bestand aus einem einzigen gigantischen Fragezeichen.

»Genau. Sie haben sich getäuscht«, beeilte ich mich zu sagen und drückte ihr Gismo auf den Arm, bevor sie noch mehr total überflüssige Fragen stellte. »Können Sie sich jetzt bitte um unseren Kater kümmern?! Es geht ihm wirklich nicht gut.«

Sie nickte. »Oh ja, natürlich. Wir gehen sofort ins Behandlungszimmer mit ihm«, sagte sie und verschwand mit

Gismo im knallbunten Haus, in dem keine Punker hausten, sondern sich tatsächlich eine Tierarztpraxis befand.

Als wir die Villa Kunterbunt bald darauf wieder verließen, atmete ich erleichtert auf.

Gismo hatte ein paar Tropfen und Tabletten bekommen und die sonderbare Tierärztin hatte zum Glück mit keiner Silbe mehr das Trümmerhaus nebenan erwähnt.

Ich sprintete mit Gismo auf dem Arm zum Auto. Nur weg hier, dachte ich. Doch der Mann, von dem ich vorhin noch gedacht hatte, dass er der Einzige im ganzen weiten Universum sei, der mich versteht – wollte nicht weg. Er blieb neben dem Auto stehen und schaute sich in der Straße um.

»Welches Haus ist es, Rick?«

Erst wollte ich mich komplett blöd stellen. Aber dann kam mir das Ganze echt albern vor. Warum sollte ich Wutz das Horrorhaus nicht zeigen, in das Pa und die anderen Durchgeknallten unbedingt einziehen wollten? Was befürchtete ich? Nur weil Wutz anscheinend voll auf die Tierärztin abfuhr, würde er seine Meinung ja nicht ändern.

»Die heruntergekommene Hütte dahinten«, erklärte ich und deutete mit dem Kopf in Richtung Trümmerhaus. »Totaler Schrott. Und drinnen ist es noch viel schlimmer.«

Schweigend betrachtete Wutz das Haus. Dann schaute er erneut die Straße hinauf und hinunter und schließlich blickte er mich ernst an. So ernst, dass sich mein Magen fies zusammenzog.

»Mitten in der Stadt und doch im Grünen. Für Finn und dich wäre das echt super hier. Und für die anderen auch …«

Er fuhr sich mit den Händen durchs Haar und seufzte tief. »Philipp sollte das Haus unbedingt kaufen.«

Mir wurde schlecht. »Blödsinn«, krächzte ich.

Wutz schien mich gar nicht zu hören. Er ging um den Wagen herum, schloss die Tür auf und nickte mir über das Autodach lächelnd zu. »Außerdem wird es Zeit, dass ich meine Wohnung mal wieder für mich allein habe.«

»Aber ...«

Er ließ mich nicht ausreden. »Du musst nämlich wissen, dass Philipp damals nur ein paar Wochen mit dir bei mir einziehen wollte. Und das ist inzwischen über elf Jahre her.«

»Aber ...«, versuchte ich es noch einmal.

»Nichts aber, Rick. Ich muss auch mal an mich denken, und deswegen finde ich es gut und richtig, dass ihr zwei endlich bei mir auszieht.«

Ich schluckte schwer. Und eigentlich wollte ich auch was sagen. Doch es ging nicht. Ich ... es ... verdammt, seine Worte brannten wie Feuer in mir. Er wollte uns loswerden – *mich* loswerden. Er war froh und erleichtert, wenn wir *endlich* weg waren.

Mein bester erwachsener Kumpel. Mein Freund. Mein Verbündeter. Mein Ziehvater. Mein megaheller Lichtblick am Chaotenhimmel. Er würde eine Woche durchfeiern, wenn Pa und ich endlich unsere Koffer packten – nach über elf Jahren.

Alter Falter, tat das abartig weh.

6

DAS HIER IST DER AUFNAHME-RAUM.
HIER WERDEN DIE SENDUNGEN EIN-GESPIELT.
UND DAS IST DAS MIKRO.
WILLST DU MAL REIN-SPRECHEN?
KEINE ANGST, ES IST AB-GESCHALTET!
ODER HAST DU SCHISS?
MEIN NAME IST RICK MICHALSKI UND IHR KÖNNT MICH ALLE MAL!

Der nächste Schultag war wie immer: total ätzend!

Die Püttelmeyer zerriss Pas Entschuldigung in klitzekleine Fitzelchen und ließ sie durchs Klassenzimmer segeln. »Sag deinem Vater, er ist nicht berechtigt, dir eine Entschuldigung für die Schulaufgaben auszustellen. Völlig egal, ob ihr zu Hause einen *Notfall* hattet.«

Ich wollte zu meinem Platz zurückschleichen. Doch die schlammschleimige Matschkuh war noch nicht fertig mit mir.

»Heb das auf!«, knurrte sie.

Ich verschränkte die Arme vor der Brust. »Nö, hab's ja nicht hingeschmissen.«

Die Püttelmeyer holte so tief Luft, als ob sie mich einsaugen, zerkauen und dann im hohen Bogen wieder ausspucken wollte. »Richard Michalski!«

Ich zuckte nicht mit der Wimper.

»Das hat Konsequenzen«, versprach sie mir mit eisiger Stimme.

Als ich mich hinsetzte, flüsterte mir Alessio zu: »Zum Glück haben wir morgen diesen Zukunftsschnuppertag.«

Verdammt! Das hatte ich ja total vergessen.

»Wo gehst du hin?«, fragte er mich.

Ich zuckte mit den Schultern. Selbst wenn ich gewusst hätte, wohin, wäre eine Antwort sowieso nicht mehr möglich gewesen. Die Püttelmeyer hatte inzwischen alle Papierschnipsel aufgehoben und ihren Eisblick wieder fest auf uns gerichtet.

Erst als ich mich in der Pause auf den kleinen Mauervorsprung beim Bolzer hockte, konnte ich mir den Kopf über diesen verpennten Zukunftstag zerbrechen. – Obwohl, eigentlich zerbrach sich da schon jemand anders den Kopf für mich. Nämlich Finn.

»Puh«, schnaufte er und pflanzte sich neben mich auf die Mauer, »ist das heute heiß. Und morgen soll es noch wärmer werden. Hoffentlich sind die Räume im Sender klimatisiert.«

»Im Sender?«

Finn hob die Augenbrauen. »Hast du es etwa vergessen?«

»Was?«

Finn schüttelte langsam den Kopf. »Jetzt sag bloß nicht, dass du dich nicht angemeldet hast! Mensch, Rick, ich habe dir mindestens zehnmal gesagt, dass du für den Zukunftstag bei ffn anrufen musst.«

Misto. Dieser blöde Zukunftstag. Irgendwie hatte ich den total vergessen. Aber war das ein Wunder? Ich meine, wer konnte mir das vorwerfen, bei dem ganzen Stress, den ich in letzter Zeit hatte – mal abgesehen vom genialsten Eishockeyspiel des Universums gegen die deutsche Nationalmannschaft. Und seitdem Wutz Pa und mich loswerden wollte, war ich sowieso völlig neben der Spur.

»Tja, dann musst du morgen wohl zur Schule gehen.«

Schon klar, du halbschwedischer Popel! Als ob ich das nicht selber wüsste.

Ich hob betont gleichgültig die Schultern. »Geh ich eben in die Penne. Mir doch vollkommen egal.«

Finn atmete tief durch und seufzte dabei wie ein verschnupftes Walross. »Quatsch, du kommst mit zu ffn. Das geht bestimmt noch.«

»Wenn du meinst.«

Er nickte so wild wie ein Wackeldackel. »Ja, genau das meine ich.«

Am anderen Morgen, nachdem Linda uns mit dem Auto beim Radiosender ffn abgesetzt hatte, bekam ich dann aber doch meterhohe Zweifel, ob das mit dem Einschleichen eine so gute Idee war.

»Die merken bestimmt, dass ich nicht angemeldet bin. Am besten gehe ich erst gar nicht rein. Noch kann ich es mit ein bisschen Verspätung in die Schule schaffen – oder besser: Ich mache einfach einen auf krank oder so.«

»Ich krieg das schon hin«, erwiderte Finn.

»Aber …«

»Noch einmal *aber*«, fiel mir Finn ins Wort, »und ich flippe aus!«

Ey, geht's noch?, ärgerte ich mich, hielt jedoch die Klappe. – Na ja, zumindest bis wir im Foyer des Senders standen. Dort machte ich mit einem Mal große Augen. Überall wuselten Schüler hin und her und quatschten aufgeregt durcheinander.

Leicht irritiert schaute ich mich um. »Was wollen die denn alle hier?«, staunte ich.

Finn verzog den Mund. »Erde an Rick: Glaubst du, nur wir haben heute Zukunftstag?!«

Bevor ich was sagen konnte, kam eine Frau mit schulterlangen Haaren direkt auf uns zugeschossen.

»Hi, ihr beiden. Ich bin Josi, und ihr?«

»Rick Michalski«, nuschelte ich.

»Und ich bin Finn Nilsson.«

»Welche Schule?«

»Tucholsky-Gesamtschule.«

Sie nickte und starrte wieder auf das Blatt, das sie in den Händen hielt. »Komisch«, sagte sie schließlich. »Einen Rick Michalski habe ich nicht auf meiner Liste.«

Ich warf Finn einen finsteren Seitenblick zu.

»Aber ich stehe drauf?«, fragte der und setzte eine ahnungslose Miene auf.

Sie nickte.

»Dann stimmt die Liste nicht. Meine Mutter hat uns schon vor vier Wochen gleichzeitig angemeldet«, log er.

»Hm ...«, erwiderte Josi skeptisch. Ich wollte schon freiwillig alles zugeben, doch da zuckte sie mit den Schultern. »Na gut, kommt mal mit.«

Hinter ihrem Rücken hielt mir Finn die Hand zum Einschlagen hin.

Josi packte uns mit einer Gruppe anderer Schüler zusammen und dann ging es auch schon gleich kreuz und quer durch den Sender. Wir rannten von einer Abteilung in die nächste. Finn und die anderen stellten mindestens siebentausend Fragen, die allesamt ausführlich von Josi beantwortet wurden. Sie erzählte und erzählte und stellte uns dabei so ziemlich jeden ffn-Mitarbeiter vor, der sich nicht mehr rechtzeitig in Sicherheit bringen konnte.

Nach einer halben Ewigkeit ging es schließlich eine Wendeltreppe hinauf. Josi meinte, wir müssten nun etwas leiser sein, weil sich oben die Studios befänden und im Studio eins gerade live gesendet wurde. Der Moderator hieß Jan Zerbst, und er war gerade *on air*, was so viel wie *auf Sendung* bedeutete, erklärte Josi.

»Hi!«, rief er uns zu, nachdem das rote Licht ausgegangen war. »Kommt rein und schaut euch ein bisschen um. Aber wenn's rot leuchtet ...«

»Sofort still sein, denn sonst sind wir alle live auf Sendung«, beendete Finn den Satz für ihn.

»Hey, du bist ja ein ganz helles Köpfchen«, amüsierte sich Jan.

Alle um mich herum lachten. Nur mir war kein bisschen nach Lachen zumute. Plötzlich kam ich mir total fehl am Platz vor. Was wollte ich eigentlich hier? Das alles interessierte mich nicht die Bohne. Mir doch furzpiepegal, dass es hier aussah, als ob man direkt auf die Brücke eines Star-Trek-Raumschiffs gebeamt worden wäre. Zugegeben: Unter anderen Umständen hätte ich das Ganze ziemlich abgefahren gefunden. Aber nicht jetzt! Jetzt musste ich zum Maschsee. Auf meine Bank. Und zwar sofort! Ich musste nachdenken. Und einen Plan brauchte ich auch. Einen Mehrfachplan sogar.

»In Studio zwei kann jeder von euch gleich eine kurze Probemoderation machen. Natürlich sind die Mikros nicht scharf«, sagte Josi und die anderen gerieten völlig aus dem Häuschen.

Ich machte ein paar unentschlossene Schritte hinter meiner Gruppe her. Dann blieb ich stehen und hielt mir die Schläfen. Genau, Kreislaufprobleme waren jetzt das Richtige. Die hatte Mary auch ständig. Dann stampfte sie immer mit ihren albernen Walking-Stöcken bewaffnet einmal um den Maschsee herum.

Josi kam besorgt auf mich zu. »Ist dir nicht gut?«

»Mein Kreislauf«, stöhnte ich. Finn glotzte mich misstrauisch von der Seite an.

»Und übel ist mir auch«, krächzte ich und presste mir zum Beweis die Hand vor den Mund.

Finn verpasste mir einen Stoß in die Rippen. »Hör auf mit dem Theater«, zischte er mir drohend zu.

Josi schaute leicht irritiert zwischen Finn und mir hin und her. »Macht dir das hier keinen Spaß?«, fragte sie. »Du schlappst schon die ganze Zeit über so teilnahmslos hinter uns her.«

Mist!

Ich zuckte mit den Schultern. »Schon, aber ...«

»Okay«, unterbrach Josi mich, »vielleicht möchtest du ja zuerst ans Mikro?«

Alle gafften mich an. Und ich fing an zu glühen wie ein Pavianhintern.

»Komm her!«, forderte sie mich auf, und ehe ich mich's versah, stand ich auch schon direkt vor dem Mikro. Aber nur, weil Verräter-Finn mich einfach dorthin geschoben hatte.

»Um mit dem Mikro vertraut zu werden, kannst du einfach ein bisschen drauflosquatschen. Anschließend probieren wir es dann mal mit dem Wetter, okay?«

»Hä?«

Finn stieß mir wieder seinen spitzen Ellbogen in die Seite. »Nun mach schon!«

Eigentlich wollte ich mich umdrehen und ihm eine klatschen. Stattdessen stammelte ich schwachsinnig herum: »Äh … w-was s-soll ich d-denn sagen …?«

»Wenn du den Kopfhörer aufsetzt, kannst du dich selbst hören. Erzähl uns doch einfach ein bisschen von dir.« Josi klang, als ob sie ein bockiges Kleinkind vor sich hätte. Es fehlte nicht mehr viel und sie würde mir 'nen Schnuller in den Mund stopfen.

Die anderen hinter mir kicherten und zwei Mädchen tuschelten, dass der Kleine mit den Wuschelhaaren ja wohl voll süß peinlich sei.

Ich ballte die Hände, holte tief Luft und zählte innerlich bis zehn. Aaaarrghh …

»Okay! Ich bin Rick Michalski«, donnerte ich schließlich los. »Mein Leben ist die Hölle, weil meine Familie total durchgeknallt ist. Die wollen in die schäbigste Bruchbude dieses Planeten einziehen. Mein Vater ist nämlich voll die Milchschnitte geworden. Er macht alles, was seine Öko-Linda von ihm verlangt. Und Wutz, das Furzgesicht, kann es kaum erwarten, dass er uns endlich los ist. Meine Oma ist auch nicht viel besser. Die will unbedingt ins Trümmerhaus ziehen. Bestimmt, weil sie dann täglich mit Horrorsteinmetz Hasso Krampf einen Kirschlikör nach dem anderen wegkippen kann. Und als ob das nicht alles schon übel genug wäre, muss ich die schlammschleimige Püttelmeyer-Matschkuh noch ein weiteres Jahr als Klassenlehrerin ertragen. Heilige Scheiße … Ach so, und eigentlich bin ich auch nur hier, weil Blassbacken-Finn mich reingeschmuggelt hat. Ich war nämlich gar nicht angemeldet. Und noch was, Finnilein, ich weiß längst, dass du auf Nelly stehst, und i…«

Aus dem Augenwinkel sah ich, wie der Moderator im Nachbarstudio auf einmal wie von der wilden Natter gebissen auf der Stelle herumhüpfte und eine dramatische Kopf-ab-Geste machte.

Josi schaute etwas irritiert in seine Richtung und hob fragend die Hände. Aber dann schien sie plötzlich zu verstehen und die Kinnlade klappte ihr runter.

»Verdammt«, keuchte sie. »Irgendwas ist schiefgelaufen. Das Mikro war scharf.«

»Scharf?«, krächzte ich.

Sie nickte erschüttert. »Du warst gerade live drauf.«

»Ähm … wodrauf?«

Sie drehte sich langsam zu mir um. »*On air*. Ganz Niedersachsen konnte dich hören.«

Einen Moment lang herrschte gespenstische Stille, bevor irgendjemand leise zu kichern anfing und schließlich einer nach dem anderen losprustete. Josi biss sich auf die Unterlippe, aber dann platzte es auch aus ihr heraus. Sie wieherte wie ein abgedrehtes Shetlandpony.

Mannomann. Die kriegten sich überhaupt nicht mehr ein. Und Finn war der Allerschlimmste. Obwohl ich mir nicht ganz sicher war, ob er lachte oder heulte. Auf jeden Fall riss er seinen Mund so weit auf, dass sein Kaugummi im hohen Bogen herausschoss. Es blieb in Josis Haaren kleben und da lagen die anderen echt alle am Boden.

Nur Josi verzog auf einmal das Gesicht, als hätte sie fiese Zahnschmerzen.

Und ich?

Ich stand vor dem Mikro und wagte nicht, mich zu bewegen. Meine Knie waren so butterweich, dass ich garantiert jede Sekunde auf die Schnauze fliegen würde. Konnte mich bitte mal jemand kneifen?

Auf dem Nachhauseweg war ich dann wieder richtig gut drauf. Der Tag hatte zwar mies angefangen, aber jetzt würde sich das Blatt mit Vollkaracho wenden. Ich hatte nämlich einen Plan. Einen echt galaktisch-genialen-unfassbar-guten Plan. Ich würde einfach behaupten, dass sich irgend so ein Scherzkeks für mich ausgegeben hatte. Und zwar so überzeugend, dass sich seine Stimme ganz genau wie meine angehört hatte. Oh Mann, der Junge war wirklich ein echtes Stimmenimitationstalent!

Blöd nur, dass er lauter gemeine Sachen von sich gegeben hat, die *ich* natürlich *niemals* gesagt hätte.

Ich malte mir aus, wie ich Pa und den anderen vollkommen fertig davon erzählte. Dicke Tränen füllten meine Augen und meine Unterlippe würde zittern. Daraufhin würde Pa sofort schnallen, dass ich am nächsten Tag auf gar keinen Fall zur Schule gehen konnte.

Der Knüller kommt jedoch noch. Weil ich sooo mit den Nerven am Ende war, kapierten endlich alle, dass es zurzeit absolut unmöglich war, mich aus meinem gewohnten Umfeld zu reißen. Natürlich würde Pa den ganzen Blödsinnskram mit Hauskauf und Zusammenziehen knallhart vom Tisch fegen. Und auch Wutz würde bei mir mit Glühbirne und Heulstimme um Vergebung winseln.

Respekt, Rick Michalski, zu solchen begnadeten Gedankengängen waren nur ganz, ganz wenige Menschen in der Lage. Vielleicht sogar nur einer – ich!

Na ja, nur Finn musste natürlich mitspielen …

Zu Hause lag ein Zettel auf dem Billardtisch und zerstörte schlagartig entscheidende Teile meines perfekten Plans.

Notartermin schon heute! Sind um vier zurück! Pa.

Na gut, von kleinen Rückschlägen darf man sich nicht unterkriegen lassen, beschloss ich.

Ich bemerkte, dass der AB blinkte, und drückte auf den Knopf. »Drei neue Nachrichten«, kündigte mir die Anrufbeantworter-Tante an. Gleich die erste ließ mir das Blut in den Adern gefrieren.

»Püttelmeyer hier. Herr Michalski, ich erwarte Ihren Rückruf. Heute noch! – Ende der Nachricht. Sie haben zwei neue Nachrichten …«

Sollte ich mir das wirklich antun?

»Rick, du lässige Socke«, dröhnte mir Vladis Stimme

entgegen. »Wie cool ist das denn?! Hab mich echt weggeschmissen. Sehen wir uns nachher beim Training? Wo warst du eigentlich gestern? Johann war ziemlich sauer, weil du dich nicht abgemeldet hast. – Ende der Nachricht. Sie haben eine neue Nachricht …«

Okay, die eine schaffte ich auch noch.

»Hi, Rick. Franky hier von ffn. Wir sitzen gerade im Sender zusammen und reden über deine unfreiwillige Live-Mod. Wäre super, wenn du mich mal zurückrufst. Ach so, falls du dich wunderst, dein Freund Finn hat uns deine Telefonnummer gegeben. – Sie haben keine neuen Nachrichten.«

MIERDA!!! Was wollten die denn noch von mir? Die hatten doch vorhin gesagt, dass das nicht mein Fehler gewesen sei. Dass der Moderator im Studio eins aus Versehen seinen Kopfhörer auf irgend so einen Knopf geknallt hatte und deshalb jetzt jeder ffn-Hörer wusste, dass ich echt die A-Karte gezogen hatte. JEDER!!!

Verdammt, da kam mir eine Idee: Vielleicht sollte ich die ja auf Schadensersatz verklagen! Oder Schmerzensgeld! Oder noch besser: auf beides!

Genau. Plan B: Ich gebe alles zu, behaupte aber, dass ich gezwungen wurde. Wegen der Einschaltquoten und so. Hört man doch immer wieder, dass die Sender dafür so ziemlich alles taten. Nach dem Motto: Jetzt machen wir Rick Michalski richtig schön zum Affen. Hauptsache, die Quote stimmt.

War das Ganze am Ende nur ein hinterhältiges Komplott gegen mich gewesen? Hatten die mich dazu getrieben, weil … ähm … halt … nein … stopp! Eine klitzekleine Kleinigkeit wollte nicht zu Plan B passen. Es hatte mich niemand gezwungen.

Menno, hatten sich denn einfach alle gegen mich verschworen?

Ich schleppte mich in mein Zimmer, schleuderte meine Tasche in die Ecke und setzte mich an den Schreibtisch.

Dort verfasste ich eine zweiseitige Verzweiflungs-Mail an Chrissy und wünschte mir, ich wäre Captain Kirk und könnte mich einfach von hier wegbeamen.

7
GRRR
GRRRR!
?
HARGN!
GROOAR!!!
JIAARRRHH!
BOM
RRRATSCH!
KEUCH!
BOM
BOM
ÄH... HAST DU PROBLEME, RICK?

Stöhnend richtete ich mich auf und wischte mir den Sabber vom Kinn. Ich musste wohl am Schreibtisch eingenickt sein. Mein Nacken fühlte sich an, als ob Wing-Tsun-Tobi mir einen mörderischen Handkantenschlag verpasst hätte.

Aus dem Billardzimmer drang aufgeregtes Stimmengemurmel zu mir herüber. Irritiert warf ich einen Blick auf die Uhr.

Shit, schon wieder das Eishockeytraining verpasst! Unser Trainer Johann wird mich in der Luft zerreißen und anschließend meine eigenen Schnipsel aufsammeln lassen. Gestern nicht, heute nicht, und das alles, ohne mich vorher abzumelden. Darauf steht bei Johann die Höchststrafe: Laufstiltraining mit Eiskunstläuferin Susanna! Als ob ich nicht schon genug Ärger hätte.

Ich schleppte mich zur Tür und zog sie langsam auf. Linda hockte auf dem Sofa. Gismo lag zusammengerollt daneben. Und Pa rannte mit eigenartig verschränkten Armen vor ihnen auf und ab. Sein Gesicht glühte in den wildesten Rottönen.

Als er mich entdeckte, blieb er abrupt stehen. Ich zog den Kopf ein und machte mich auf das Allerschlimmste gefasst. Doch das erwartete Donnerwetter blieb aus.

»Oh, Rick, haben wir dich geweckt?«, fragte er mit seltsam hoher Stimme.

»Schon okay«, murmelte ich vorsichtig. »Blöd nur, dass ich jetzt schon wieder das Training verpasst habe.«

Pa nickte verständnisvoll und ich raffte überhaupt nichts mehr. Was ging denn hier gerade ab? Warum kochte der nicht vor Wut? Weshalb wurde ich nicht auf der Stelle ungespitzt in den Boden gerammt?

Auch Linda meckerte nicht. Sie lächelte selig und klopfte auf den freien Platz zu ihrer Linken. »Wir haben gerade über deinen kleinen Radioauftritt gesprochen.«

Aha, jetzt ging es los! Ich rührte mich nicht von der Stelle.

Linda hingegen sprang auf einmal auf und nahm mich in den Arm. »Rick, was macht dich nur so wütend?«

»Ähm … weiß nich' …«, krächzte ich verdattert und befreite mich vorsichtig aus ihren Fängen.

Doch kaum war ich den einen Klammeraffen los, da hing auch schon der nächste an mir. Pa presste mich an sich, als ob er eine Briefmarke aus mir machen wollte. »Wir wollen doch nur das Beste für dich und Finn.«

»Also ziehen wir nicht in die Bruchbude um?«, fragte ich hoffnungsvoll.

Pa holte ziemlich lange Luft, dafür, dass dann einfach nur ein schlichtes »Nein!« folgte.

»Wie jetzt? Umziehen: nein, oder nicht umziehen: nein?«

Er ließ die Arme sinken. »Selbstverständlich ziehen wir um!«, ranzte er mich an.

Alles klar. Das war's dann wohl mit der Schmusekaternummer.

Linda räusperte sich vorwurfsvoll und zog die Augenbrauen hoch. »Bärchen, was hatten wir gerade besprochen?«

Pas eben noch so stinkiges Gesicht verzog sich zu einem gequält freundlichen.

»Ja, ja«, murmelte er wie in Trance, »wir gehen auf Rick ein. Wir machen ihm *keine* Vorwürfe.«

Linda nickte zufrieden in seine Richtung. Dann war ich wieder an der Reihe. »Du musst einfach mal alles rauslassen, Rick. Die Feueratmung wird dir helfen, deine Gedanken zu sortieren und dich zu öffnen. Pass auf, es ist ganz einfach.«

Schon presste sie die Hände flach an ihre Rippen und begann, mit geschlossenem Mund wie ein Hund zu hecheln.

Ich glotzte sie an. Fassungslos. Dann sah ich zu Pa, und als auch er langsam seine Hände Richtung Brustkorb schob, erwachte ich aus meiner Erstarrung.

»Ihr-ihr ... seid doch total irre!«, stieß ich hervor und wollte mich so schnell wie möglich vom Acker machen, bevor die beiden noch tatsächlich Feuer spuckten.

»Rick, Weglaufen ist keine Lösung. Du musst dich deinen Ängsten und Sorgen stellen«, hechelte Linda.

Aber da ließ ich schon meine Zimmertür geräuschvoll hinter mir zuknallen. BAMM!

Am nächsten Morgen bebte das Billardzimmer von Wutz' uralter *Status-Quo*-Mucke. Ich linste durch den Türspalt, entdeckte aber nicht Wutz, sondern Pa, der zur Musik Gewichte in die Höhe stemmte.

Als ich ins Zimmer trat, ließ er vor Schreck eine der Hanteln auf seinen Fuß fallen. Mit schmerzverzerrtem Gesicht hüpfte er im Raum herum, dann warf er sich schnell aufs Sofa und tat so, als ob er in der Tageszeitung lesen würde.

Mann, wie scheinheilig war das denn?! Vor Linda den in sich ruhenden Yogi spielen und hinter ihrem Rücken einen auf harten Muckimann machen.

»Ich geh jetzt mal zur Schule.«

Pa schaute überrascht auf. »Ach, Rick, ich hab dich gar nicht bemerkt, ja … ähm, guten Morgen.«

Ich grinste breit. Meinem Pa war echt nicht mehr zu helfen. Doch dann gab er mir noch einen hammerharten Seitenhieb mit auf den Weg, indem er mich an das schlammschleimige Donnerwetter erinnerte, was mich in der Schule bestimmt gleich überrollen würde.

»Na ja, ich drücke dir mal die Daumen für das Gespräch mit Frau Püttelmeyer. Zumindest habe ich ihr die Sache mit dem Schulverweis gestern Abend am Telefon ausreden können.«

Ich schluckte und verließ wortlos die Wohnung.

Noch nie hatte ich so viel Zeit für den Schulweg gebraucht. Selbst eine fette schleimige Weinbergschnecke hätte mich abgehängt.

»Rick!«

Das war Vladi. Ohne aufzuschauen, schlich ich weiter, aber er hatte mich bald eingeholt – na ja, war ja auch kein Wunder.

»Du kannst ruhig schneller gehen.« Er klopfte mir kurz auf den Rücken. »Die Püttelmeyer ist krank.«

Ich packte ihn an den Schultern und starrte ihm in die Augen. »Vergackeier mich nicht! Echt?«

Vladi nickte und schüttelte meine Hände ab. »Klaro. Hat meine Mutter mir gesagt. Die kommt die ganze Woche nicht mehr. Irgend so 'ne Nervensache.« Er grinste wissend. »Das hat man davon, wenn man zu viel Radio hört, nicht wahr?!«

Vladis Mutter war zwar die Sekretärin an unserer Schule, trotzdem traute ich mich noch nicht, erleichtert aufzuatmen.

Aber ein Blick ins Klassenzimmer genügte, und ich wusste, dass Vladi keinen Mist erzählt hatte: Alle strahlten von einem Ohr zum anderen!

Der Schulvormittag ging dann auch schnell herum. Was unter anderem daran lag, dass mir so ziemlich jeder Schüler der Tucholsky-Gesamtschule anerkennend auf die Schulter klopfte. Mein *unfreiwilliger* Radioauftritt hatte sich wie ein Lauffeuer verbreitet, und das, was ich über die Püttelmeyer abgelassen hatte, schien fast schon so etwas wie Kultstatus erreicht zu haben.

Die Einzige, die mich mit kompletter Nichtachtung strafte, war Nelly. Und daran änderte sich auch in den nächsten Tagen nichts. In der Schule war ich Luft für sie und beim Eishockeytraining *konnte* sie mich nicht sehen. Mein scheinheiliger Vater hatte zwar vor Linda voll so getan, als ob er ihren Wir-verstehen-und-hören-dich-Psycho-Quatsch mitmachen wollte, mir aber anschließend drei Wochen Eishockeyverbot aufgebrummt.

Und das nur, weil ich nichts als die Wahrheit gesagt hatte! So sind Eltern eben. Sie *wollen* belogen werden.

Die Sache mit dem Haus war nun endgültig beschlossene Sache und dank Wutz (meinem ehemaligen dicksten WG-Kumpel) gingen die Renovierungsarbeiten in Mordsgeschwindigkeit voran. Er feuerte die Bauarbeiter an, als ob sein Leben davon abhinge. Angeblich hatte er so viele Überstunden und deshalb Zeit, sich zu kümmern. Er nannte es einen »Freundschaftsdienst«.

Von wegen. Der wollte uns loswerden. Und zwar so schnell wie möglich.

Während Linda und Pa sich über lila Retro-Tapeten im Schlafzimmer und malvefarbene Teppiche im Wohnzimmer stritten, hing ich mega-angeödet in meinem Zimmer herum. Mir war sogar so langweilig, dass ich heimlich eines von Finns Büchern las, das er bei uns vergessen hatte.

Die Tage zogen allesamt in einem eintönigen Grau an mir vorbei. Noch nicht mal Lindas angeekeltes Gekreische konnte mich aufbauen, als sie mit nackten Füßen in ihre Öko-Clogs schlüpfte. Das Gekreische nervte mich nur, und deshalb beschloss ich, die Flucht zu ergreifen. Zum Maschsee. Auf meiner Lieblingsbank 'ne Runde chillen.

Doch Finn hinderte mich daran. Als ich die Wohnungstür aufzog, stand er auf einmal direkt vor mir.

»Kommst du mit zum Wing Tsun?«

Ich schüttelte den Kopf. »Nö. Hab doch drei Wochen Sportverbot!«

Linda, die gerade dabei war, sich Pas Superweiß-Mach-

Zahnpasta von den Zehen zu wischen, horchte auf. »Aber, Philipp, ich habe dir doch gesagt, was ich davon halte. Der entwickelt sich völlig falsch, wenn man ihn so maßregelt.«

Pa grummelte irgendwas von Argumenten für solche Strafen, aber Linda hatte kein Erbarmen.

»Nein, das kann ich nicht gutheißen«, erklärte sie streng. »So etwas kann sich extrem negativ auf das Ökosystem unserer gemeinsamen Familie auswirken.«

Ach so, wir waren also ein Ökosystem. Gut zu wissen.

Pa machte den Mund auf. Klappte ihn aber gleich wieder zu, weil er wohl kapiert hatte, dass er gegen Linda-Schatzi eh keine Chance hatte. Und so trabte ich kurz darauf mit Finn zum Wing Tsun.

Tobi begrüßte uns mit hochgezogenen Augenbrauen. »Dachte schon, ihr kommt nicht mehr.«

Finn schüttelte wie verrückt den Kopf. »Wir waren beide krank«, behauptete er und Tobis Miene wurde schlagartig freundlicher.

Sag ich doch: Erwachsene *wollen* belogen werden!

»Okay, dann zieht euch um. In fünf Minuten geht's los.«

In der Umkleidekabine wurden wir von den anderen eindeutig ehrfürchtig empfangen.

Na guuut! Finn wurde ehrfürchtig empfangen. Er war ja hier der Superhero am Start.

Nach dem Zirkelaufwärmtraining beschloss ich, meinen Frust an der Matte auszulassen, die an der Wand hing.

Aber Tobi hielt das für keine gute Idee. »Hier geht es nicht um unkontrolliertes Drauflosskloppen. Du sollst lernen, deinen Angreifer zu umfließen und die Kraft des Gegners für dich zu nutzen. Wir stellen nicht unsere eigene Kraft einer größeren fremden gegenüber, sondern begegnen dieser mit Gelassenheit, Wendigkeit und Schnelligkeit. So machen wir uns die Kraft des Gegners zu eigen.«

Ich nickte gespielt einsichtig. Tobi nahm es mir aber nicht ab. Er schnallte sich eine der Armpratzen um und streckte sie mir auffordernd entgegen. »Los! Lass es raus! Aber mit Verstand!«

Okaaay …

Und schon befand ich mich in einer astreinen Keilerei mit der Armpratze. Ich tobte mich so richtig aus und staunte selbst, dass ich, egal wohin Tobi sich auch wendete, immer haargenau die Pratze traf.

Als Finn und ich eine Stunde später wieder nach Hause gingen, war ich so gut drauf wie lange nicht mehr. Das Grinsen hätte man mir schon aus dem Gesicht *meißeln* müssen.

Ich quatschte und quatschte, doch irgendwann raffte ich, dass Finn gar keinen Mucks von sich gab. Er schlich mit gesenktem Kopf neben mir her.

»Was ist?«

Er zuckte mit den Schultern.

»Jetzt sag schon.«

»Es ist nur …«, druckste er rum. »Nelly … sie …«

Ich blieb stehen. Weg war das Grinsen. Stattdessen rauschte es in meinen Ohren, als ob ich unter Wasser schwimmen würde.

»Du bist in Nelly verknallt!«, schoss es heiser aus mir heraus. »Und sie in dich!«

Finn bekam galaktisch große Augen. »NEIN!«

»Was dann?« Ich hielt den Atem an. Meine rechte Pobacke begann zu jucken, als ob ich in einen Berg Brennnesseln gejumpt wäre.

»So ein Quatsch. Und unser Dach ist aus Pfannkuchen, oder wie?!«

Ich war im ersten Moment so erleichtert, dass ich albern kicherte und rief: »Genau. Und der Gartenzaun aus Wiener Würstchen. Der Busch aus Zuckerstangen und am Baum dort hängen keine Blätter, sondern lauter Big Macs.«

Finn fand's aber nicht lustig. »Wieso disst du mich ständig?«

Ich lachte irritiert auf. Dann stockte ich, weil ich kapierte, dass das sein Ernst war.

»Ich bin doch mit dir zum Wing Tsun gegangen«, verteidigte ich mich.

»Aber vorher hast du behauptet, dass *Finnilein auf Nelly stehen würde*. Im Radio. Herzlichen Dank auch!«, motzte er mich an.

Aha, daher wehte also der Wind. Dem steckte mein Radioauftritt noch krass im Hals.

KLATSCH! Auch der echte Wind wehte und pfefferte Finn gerade einen Werbeflyer mitten ins Gesicht.

Finn stieß einen wütenden Schrei aus. Dann zerknüllte er das Ding, schmiss es auf den Boden und stampfte wie Rumpelstilzchen höchstpersönlich darauf herum.

Das sah echt total bescheuert aus.

Ich lachte mich schlapp. Da zeigte Finn mir den Mittelfinger und rannte davon. Und ich wusste noch immer nicht, was er mir nun eigentlich über Nelly sagen wollte.

8
DING DONG!
WIR BEGINN'N UND GEWINN'N, WIR RISKIER'N UND VERLIER'N
WIR VERSCHWENDEN UNSERE JUGEND UND WIR LIEBEN ES!
WOW!
COOLE MUCKE!
DEIN AUFTRITT NEULICH HAT MIR GEFALLEN!
HAST DU LUST, ALS GASTMODERATOR BEI UNS EINZUSTEIGEN?
WIR VERLIER'N UND GEWINN'N, INDEM WIR WIEDER BEGINN'N
DENN WENN WIR WIRKLICH ETWAS WOLL'N, DANN KRIEGEN WIR ES!
YEAH! WIE FETT IST DAS DENN?!?
BIN DABEI, MANN!
OKAY! BIS DANN, PARTNER!
KANN MICH MAL EINER KNEIFEN?
ÄH...

Als ich zu Hause ankam, war keiner da. Noch nicht mal Gismo. In der Küche spielte das Radio.

Ha! Aber mich ständig ermahnen, auch bloß alle elektrischen Geräte auszustellen.

Ich groovte ein wenig durch die Küche, weil gerade der coole Song von Thomas D, »Million Voices«, lief und ich mir den Anflug von guter Laune nicht nehmen lassen wollte.

Ich klatschte in die Hände, riss sie dann nach oben, drehte mich rückwärts um die eigene Achse, machte zwei Schwebeschritte zur Seite und klatschte erneut in die Hände.

Yeah!

Es klingelte an der Wohnungstür. Bestimmt war das Finn, der sich wieder eingekriegt hatte.

Lässig slidete ich zur Tür, zog sie auf und rief: »YEAH! Danke für diesen Moment. Ihn mit so vielen zu teil…«

Der Rest blieb mir im Hals stecken. Vor mir stand ein Mann. Ein echt großer Mann mit Schirmmütze. Ich war vollkommen baff. Wenn das nicht Morgenmän Franky vom Radiosender ffn war!

»Yeah!« Er klatschte in die Hände und stieg locker in meinen Groove ein. »Thomas D! Geiler Song!«

»Ähm, Franky, ich meine Herr Franky, ähm, Herr Morgenmän …«, stammelte ich endpeinlich herum.

Er lachte laut. »Hey, hey, nun komm mal wieder runter. Alles gut und den ›Herrn‹ kannst du dir locker sparen.«

Ich staunte immer noch Riesenbauklötze.

»Wenn der Berg nicht zum Propheten kommt, muss der Prophet zum Berg. Okay, in diesem Fall bin wohl eher ich der Berg«, meinte Morgenmän Franky und rieb sich grinsend über seinen gewaltigen Bauch.

»Hä?«

»Hey, ich dachte, du bist auf Zack. Aber nur mit ›Hä‹ und so kann ich dich als Co-Moderator nicht gebrauchen.«

»Hä?«, brachte ich wieder nur heraus.

Noch mal ließ er dieses schräge Sägeblattlachen hören.

»Sind deine Eltern zu Hause?«

Ich schüttelte den Kopf.

Mierda, jetzt will der sich doch noch über mich beschweren, oder was?!

»Okay. Ich war gerade in der Nähe, und da du auf meinen Anruf nicht reagiert hast, dachte ich, ich tauche mal persönlich bei dir auf.«

Ich nickte. Obwohl ich nicht den blassesten Schimmer hatte, warum eigentlich. Aber irgendwie machte er nicht den Eindruck, als ob er mich verklagen wollte oder so was Ähnliches. Er grinste mich total freundlich an und überhaupt: Mann, der Typ war echt cool! Wie der eben in meinen Groove eingestiegen war. HAMMA!

Trotzdem stand ich immer noch wie ein Volldepp da und brachte einfach keinen vernünftigen Satz heraus.

Er dafür umso mehr. Voll logisch, war ja schließlich sein Job. »Ich habe dich neulich gehört und fand dich so klasse, dass ich dich gerne in meiner Morningshow als Gastmoderator dabeihätte. Du hast bestimmt wegen deiner Motz-

Moderation 'ne Tüte voll Stress mit einigen Leuten bekommen?! Betrachte die Einladung also am besten als eine Art Wiedergutmachung.«

Wow!, dachte ich. Mehr konnte ich nicht denken. Na ja, und sagen sowieso nicht.

»Okay, bevor das jetzt in ein Selbstgespräch ausartet, hier ist meine Karte. Überleg es dir und dann soll dein Vater mich mal anrufen, ja?!« Er gab mir seine Visitenkarte und klopfte mir zum Abschied auf die Schulter.

Ich nickte und schob langsam die Tür zu, nachdem er sich umgewandt hatte und die Treppe runtergehüpft war. Echt! Gehüpft! Der Mann war zwar so mächtig wie ein Berg, aber leichtfüßig wie 'ne Gazelle.

Thomas D hatte ausgesungen. Trotzdem rief ich laut »YEAH!«, denn urplötzlich war mir ein genialer Gedanke gekommen. Ich hatte die Chance, als jüngster Radiomoderator Deutschlands entdeckt zu werden. Und das würde bedeuten, dass ich nie wieder zur Schule müsste. Und die Püttelmeyer würde mich auch nicht mehr ankeifen können. Nie-nie-nie mehr!

MEGAGENIAL!

Außerdem würde ich irre viel Geld verdienen. So zwei bis sieben Millionen oder noch mehr. Und mit dermaßen viel Kohle in der Tasche könnte ich mir dann aussuchen, wo ich in Zukunft wohnen wollte.

Da war er endlich, der unfassbar gute Plan – und zack, schon war das Trümmerhaus Geschichte.

Unwillig schaute ich an der Fassade meines persönlichen Albtraums empor und verfluchte den Tag, an dem Linda diese Bruchbude entdeckt hatte.

Ein Atemhauch pfiff in meinen Nacken. Erschrocken drehte ich mich um.

Es war Wutz.

»Hi, Rick. Schön, dass du dich auch mal hier blicken lässt. Willst du dir dein neues Zuhause anschauen? Die Umbauarbeiten gehen wirklich rasant voran.«

»Lass mich in Ruhe«, brummte ich und deutete auf unser Auto, das mein Vater am Straßenrand geparkt hatte. »Ich will zu Pa.«

Wutz grinste mich treudoof an. »Bist du etwa immer noch stinkig auf mich?«

Ich zuckte mit den Schultern und wollte weggehen. Ich hatte keine Lust, mit Wutz zu reden. Und mit Pa wollte ich eigentlich auch nur reden, weil er Morgenmän Franky anrufen sollte. Und zwar SOFORT! Freiwillig war ich bestimmt nicht mit dem Rad durch die halbe Stadt zum Trümmerhaus gefahren.

Aber Wutz, der Blödmann, wollte mich nicht gehen lassen. Er legte den Arm um mich und versuchte, mich mit sich zu ziehen.

»Komm, wir sprechen uns jetzt aus!«, sagte er. »Rick, ich möchte doch nur, dass alle zufrieden sind. Das musst du verstehen …«

»Lass mich!«, rief ich, riss mich los und boxte ihm gegen den Unterarm.

Eines der oberen Fenster wurde aufgezogen. »Hey, was macht ihr denn da?«, erkundigte sich Linda.

»Wutz lässt mich nicht zu meinem Vater!«, rief ich so verzweifelt wie möglich.

Ein Fenster daneben brüllte Mary: »Wutz! Jetzt ärgere Rick doch nicht!«

Wutz verzog das Gesicht und seufzte tief. Dann ließ er mich los und verschwand kopfschüttelnd im Inneren des Hauses.

Okay, vielleicht hatte ich mich da gerade ein bisschen kindisch verhalten ... aber das war mir im Augenblick schnurzegal.

Mit einigem Sicherheitsabstand folgte ich Wutz. Drinnen wurde ich von einem ohrenbetäubenden Lärm empfangen. Überall hämmerten, sägten und bohrten Handwerker herum. Ich schob mich zwischen ihnen hindurch, um zu den oberen Stockwerken zu gelangen.

Die Treppe knarrte bedrohlich unter mir, als ich einen ersten Fuß daraufsetzte. Nach der vierten Stufe schaute ich mich zu den Handwerkern um. Aber keiner von denen machte Anstalten, mich am Weitergehen zu hindern.

Okay, wenn das morsche Teil Mary ausgehalten hat, dann mich ja wohl erst recht, sprach ich mir selbst Mut zu.

Kaum war ich oben angekommen, stieß Mary einen grellen Schrei aus.

»Wie schön!«, freute sie sich, als ob ich gerade von einer mehrjährigen Nordpol-Expedition zurückgekehrt wäre. »Rick schaut sich sein neues Zuhause an.«

»Nö«, murmelte ich abweisend. »Wollte nur mit Pa sprechen.«

Linda legte mir eine Hand auf die Schulter und lächelte. »Er ist ganz oben.«

Ich stöhnte auf und schleppte mich auch noch die nächste gefährlich knarrende Treppe hinauf.

Auf dem Dachboden standen Pa und Wutz mit dem Rücken zu mir und tuschelten miteinander. Ich empfand es als Sinnbild des Verrats. Die miesen Pläneschmieder! Pa, der sich von seiner Trulla belabern lassen hatte, und Wutz, der uns loswerden wollte.

Ich räusperte mich.

Die beiden drehten sich um. Pa grinste.

»Hey, hast du es dir doch anders überlegt?!«

Ich schüttelte den Kopf. »Ich wollte dich nur was fragen.«

»Okay«, sagte Pa gedehnt. »Schieß mal los.«

Ich schnaufte leise und warf Wutz einen bösen Blick zu. »Können wir unter vier Augen sprechen?«

Pa hob leicht irritiert die Schultern. »Von mir aus. Dann lass uns runtergehen.«

Kaum waren wir aus dem Haus, ratterte Pa auf einmal wie ein Traktor seine Gartengestaltungspläne runter. Er schien total vergessen zu haben, dass ich ihm eigentlich etwas Dringendes sagen musste.

»Dahinten ist ein halb zugeschütteter Brunnen«, er deutete mit der Hand auf einige Bretter, die ein gutes Stück von uns entfernt am Boden lagen. »Den möchte ich restaurieren und nebenan ein kleines Gewächshaus aufstellen.«

Ich seufzte genervt, aber mein Vater war nicht zu bremsen. Er faselte was von einem Kaninchengehege, einem Gartenhäuschen, irgendwelchen Holzbänken und einem Grillplatz. Und natürlich hatte Verräter-Wutz vor, das alles mit ihm zu bauen. Damit wir auch ja nie mehr zu ihm in die Wohnung kommen mussten!

Als Pa auch noch von einem Baumhaus für Finn und mich anfing, fiel ich ihm aufgeregt ins Wort: »Ich wollte dich fragen, ob du mal bei ffn anrufen kannst. Morgenmän Franky war bei uns. Er möchte, dass ich zu ihm in die Morningshow komme. Als Gastmoderator.«

Meinem Vater entglitten die Gesichtszüge.

»Hast du 'nen Knall?!«

Ähm ... wie bitte?

»Nicht dass ich wüsste«, murmelte ich und schluckte schwer.

»Was willst du denn diesmal über den Sender schicken?« An Pas Hals wurden erste Anzeichen eines Feuerquallenmusters sichtbar. »Dass du gerne mal mit Anlauf in Frau Püttelmeyers Ackergaulhintern treten würdest?!« Wild gestikulierend lief er auf und ab. »Damit ich anschließend wieder bei ihr antraben darf? Mann, hat das Spaß gemacht, sie davon zu überzeugen, dass ein Schulverweis vielleicht doch ein wenig übertrieben sei.«

Auweia. Jetzt drehte er durch. Eindeutig zu viel vegetarisches Essen. Oder es lag am Baustaub? Vielleicht hatte er in den letzten Tagen auch einfach zu viel chemische Dämpfe geschnüffelt?!

»Heißt das ja oder nein?«, fragte ich und zog sicherheitshalber schon mal den Kopf ein.

Pas Halsschlagader trat hervor, und dann brüllte er so laut »NEIN!!!«, dass ich sein Zäpfchen im Hals vibrieren sehen konnte.

Hinter uns krachten ein paar Dachziegel scheppernd zu Boden. Wir fuhren herum und sahen gerade noch, wie einer der Dachdecker fast hinterhergesegelt wäre. Zum Glück bekam er im letzten Moment eine Trittstufe zu fassen.

Mary riss das Fenster auf und rief besorgt: »Gibt es Verletzte?«

»Alles roger«, krächzte der Mann und presste sich die freie Hand auf die Brust.

Pas Herz hatte anscheinend auch für ein paar Schläge ausgesetzt, denn er pumpte wie ein Frosch, der die Backen aufbläst. »Alles okay?«, rief er dem Dachdecker mit dünnem Stimmchen zu.

Der nickte und setzte dann seine Arbeit fort.

Aufatmend stampfte mein Vater ins Haus zurück. Mich beachtete er gar nicht mehr.

Na, vielen Dank auch!

Ich blieb unentschlossen im Garten stehen und schaute mich um. Als ich nach rechts blickte, starrten mich zwei Glasbausteinaugen an.

El Misto! Kittelmän!

So wie der gaffte, hatte er ebenfalls Radio gehört.

»Junge«, brummte er über den Gartenzaun. »Machst deiner Familie das Leben ganz schön schwer.«

Jackpot! Jetzt durfte ich mir von dem auch noch 'ne Standpauke anhören.

Aber plötzlich erhellte sich sein Steinmetzhorrorgesicht. Er grinste sogar ein bisschen, natürlich ohne dass der Zigarrenstumpf aus seinem Mundwinkel fiel. »Kommt mir bekannt vor. Ich war als Junge auch so 'n Rotzbengel. Mensch, hab ich einen Schabernack getrieben.«

Rotzbengel? Schabernack? Aus was für einem Jahrhundert stammte der denn? So redete ja noch nicht mal Mary und die war schließlich schon uralte einundsechzig!

»Aha«, murmelte ich.

Er nickte. Dann schlurfte er leicht vornübergebeugt, die Hände tief in den grauen Kitteltaschen, zurück in seine Werkstatt.

Bevor *noch jemand* auf die Idee kommen konnte, mich zuzutexten, verzog ich mich lieber. Stinkig und gefrustet zugleich marschierte ich auf das Gartentor zu. Aber da fiel mir ein, dass ich mein Fahrrad am Haus abgestellt hatte.

»Blöder Kack!«, fluchte ich und stampfte zurück.

Meine Wut schwoll immer mehr an. Hatte inzwischen jede Faser meines Körpers erfasst und wollte einfach nur noch raus. Kurz fielen mir Tobis Worte ein. ›Lass deine Kraft nicht unkontrolliert raus!‹ Doch im nächsten Augenblick trat ich auch schon im Vorbeigehen voll Karacho gegen die Brunnenabdeckung.

Verflixt, das passte ja mal wieder wie der Hamster ins

Drehrad. Das Ding zeigte sich vollkommen ungerührt und bewegte sich nicht einen Millimeter.

Ich trat noch mal dagegen. Und noch mal.

Heilige Axt! Nichts tat sich.

Na, dem Brett würde ich es jetzt aber zeigen!

Ich nahm Anlauf und sprang mitten auf das Teil drauf.

KNIRSCH! KNACKS! SCHEPPER! Das Geräusch hörte sich echt fies an. Die Schmerzen in meinem rechten Bein waren auch nicht von schlechten Eltern.

Aber mir blieb keine Zeit, darüber nachzudenken, ob das Knirschgeräusch vom Holz oder meinen Knochen stammte, denn ich schoss wie ein geölter Blitz nach unten. Ziemlich weit nach unten sogar. Und als ich irgendwann endlich angekommen war, da wurde es auch schon dunkel. Nachtschwarzmegadunkel.

9

Als ich die Augen aufschlug, war es noch immer dunkel. Ich brauchte einen Moment, um zu kapieren, dass das komische Ding auf meiner Nase ein Regenwurm war. Und noch länger, um zu schnallen, warum er mitten in meinem Gesicht klebte.

Dann tat es auch schon weh. Höllisch weh.

Vor drei Jahren habe ich mir beim Eishockey mal die Schulter ausgekugelt und davor im rechten Bein die Bänder gezerrt. Das hat damals echt mies wehgetan. Aber gegen diesen Schmerz war das alles nur ein Fliegenschiss.

Außerdem war es beim Eishockey passiert. Also in einer hell erleuchteten Halle mit vielen Menschen um mich herum.

Hier war weit und breit niemand. Nur der Regenwurm. Es war finster und feucht und eiskalt. Ich war so geschockt, dass ich nicht einmal heulen konnte.

Mühsam versuchte ich, mich zu bewegen.

Mierda! Das tat so was von weh! Vielleicht sollte ich mich lieber doch nicht bewegen. Und am besten auch nur ganz vorsichtig atmen.

»Hallo?«, rief ich.

Stille!

»HALLO?«, probierte ich es ein bisschen lauter.

Nichts!

Okay, erst mal überlegen. Denk nach, Junge, los!

Wo bin ich? Wie bin ich hierhergekommen? Was ist geschehen? Warum ist es so dunkel? Bin ich vielleicht ohnmächtig? Oder ist das alles nur ein Traum? Und wo ist eigentlich der Regenwurm hin?

Ich holte tief Luft und betete, dass ich ihn beim Hallo-Rufen nicht aus Versehen verschluckt hatte.

Blödsinn, das hätte ich doch gemerkt!

Oder bin ich tot?

Oberblödsinn, dann würde mein Bein bestimmt nicht so krass wehtun.

Aber …

Du sollst nachdenken, Junge!

Gerade war ich noch durch den Garten marschiert. Stinksauer auf meinen Pa und den Rest der Welt. Erst hatte er mir das Eishockeyspielen verboten und schließlich auch noch meine Radiomoderatorenkarriere.

Okay. Und weiter?

Dann hatte Tobi vom Wing Tsun gesagt, ich solle nachdenken, bevor ich meine Kraft einsetze.

Komisch … Was hatte Tobi denn überhaupt im Trümmerhausgarten gewollt?

Egal. Ich hatte jedenfalls nicht auf ihn gehört und meinen Frust an dieser blöden Brunnenabdeckung abgelassen. Aber das Ding war hartnäckig und deshalb war ich draufgespr…

Verdammt, ich steckte im Brunnen fest!

Jetzt raffte ich auch, warum es so finster war.

Vorsichtig hob ich die Hände und tastete ein wenig in der Dunkelheit herum. Ich spürte Wände aus Beton. Feuchte, kalte, erdige Betonwände.

Dreimal gekrümmtes Nasenbein, die Sache mit dem Brunnen stimmte tatsächlich.

Ich legte den Kopf in den Nacken und blickte nach oben.

Wow, was für ein Sternenhimmel.

Sternenhimmel? Warum sah ich einen Sternenhimmel? War es etwa schon Nacht?

Kurze Zusammenfassung für mich: Ich bin in den Brunnen gefallen. Dabei habe ich mir was gebrochen. Hundertpro muss das so sein, weil es echt abartig schmerzt. Als ich reingeflogen bin, war es noch hell. Jetzt ist es dunkel. Nacht. Sonst wäre ja kein Sternenhimmel da.

»HILFE! HALLO! HÖRT MICH DENN NIEMAND?«, schrie ich so laut, wie ich konnte.

Aber es war keiner da, um mich zu retten.

Jetzt war es dann wohl doch an der Zeit, 'ne Runde zu heulen.

Denn so mutig und tapfer wie ich mir sonst auch vorkam, jetzt fühlte ich mich ganz klein.

Keine Ahnung, wie lange ich schluchzend und bibbernd vor Kälte im Brunnen hockte und mich selbst bemitleidete. Auf jeden Fall hörte ich damit auf, bevor mir das Tränenwasser im Brunnen am Ende noch bis zum Hals steigen konnte.

Immerhin war ich Rick, der gefährlichste Eishockeystürmer der Young Indians. Ich gab nicht auf. Selbst dann nicht, wenn alle geschlagen waren.

Mit Sicherheit vermissten Pa und Wutz mich schon. Vielleicht suchten sie mich ja sogar? Bestimmt taten sie das!

Ich stellte mir vor, wie die beiden seit Stunden verzweifelt durch die Gegend irrten, während Mary und Linda heulend in der WG neben dem Telefon wachten, weil ich ja auch entführt worden sein konnte.

Finn kam in dieser Vorstellung allerdings nicht vor. Deshalb wunderte ich mich ein wenig, als ich plötzlich seine Stimme hörte.

Er grummelte sich irgendwas in den Bart, was ich nicht verstand. Aber das Gebrumme kam eindeutig von ihm.

»Finn?«, rief ich. »Finn, bist du das?«

Schlagartig herrschte Stille.

»Finn, hey, Finn. Ich bin hier!«

Noch mehr Stille!

Verflixt, hatte ich mir das nur eingebildet?

Vielleicht litt ich ja unter Halluzinationen? Schließlich hatte ich keinen Plan, wie lange ich schon hier unten hockte. Möglicherweise war ich mehrere Tage besinnungslos gewesen. Vielleicht sogar Wochen? Ähm … wie lange kann ein Mensch eigentlich ohne Essen und Trinken überleben?

»Hör auf mit dem Mist! Auf so ein blödes Versteckspiel hab ich echt keine Lust!«, motzte es von oben.

Doch keine Halluzination! Ich atmete auf.

»Ich bin hier unten. Im Brunnen. Du musst mir helfen!«, rief ich.

»Rick? Vergackeierst du mich auch nicht?« Finns Stimme hörte sich ziemlich verunsichert an.

Ich gab noch mal alles, bevor Finn sich am Ende verdünnisierte und ich weiter in diesem Loch hausen musste. »Bitte, Finn! Das ist kein Spaß! Ich bin in den Brunnen gefallen und stecke fest.«

Wieder war es absolut ruhig, und ich dachte schon, Finn hätte beschlossen, mich für immer hier unten schmoren zu lassen – quasi als »späte Rache«. Aber dann war er plötzlich genau über mir. Seine Umrisse verdeckten den Sternenhimmel.

»Auweia, wie ist das denn passiert?«

»Das ist doch jetzt egal«, krächzte ich. Ich brauchte zwar seine Hilfe, aber deswegen musste ich ihm ja nicht gleich alles auf die Nase binden. »Hol die anderen! Die sind sicher in der Nähe und suchen nach mir, oder?!«

»Nö, die sind alle im Haus und arbeiten«, erwiderte Finn verdattert.

Ich schluckte. Das war's. Sie hatten mich also schon aufgegeben. Seit Tagen saß ich in diesem hinterhältigen Erdloch fest – verharrte ohne Wasser und Brot und hoffte auf Rettung. Dabei hatte meine Familie mich längst abgehakt.

Wie megafies. Wahrscheinlich waren die sogar froh, mich los zu sein! Klar doch, ich war ja schließlich ein *Rotzbengel,* der ihnen das Leben zur Hölle machte.

»Dann ruf die Feuerwehr oder so«, flehte ich Finn an und merkte selbst, dass sich meine Stimme verdammt nach Heulen anhörte.

Oben polterte es. Finn schien gegen die Holzabdeckung getreten zu sein, denn er fluchte: »Aua. Blödes Brett. Verflixt, ist das dunkel hier.«

Er legte sich flach auf die in der Mitte eingebrochene Brunnenabdeckung. Dabei lösten sich ein paar Erdklumpen und regneten auf mich herab.

Plopp, plopp und plopp trafen sie mich auf den Kopf und ein besonders dicker landete sogar direkt auf meiner Nase.

Ich duckte mich und presste mein Gesicht auf die Brust. Mein Herz begann, wie ein Presslufthammer zu schlagen.

»Rick«, rief Finn heiser, »ich zieh dich hoch! Los, streck mir deine Hände entgegen!«

Dreimal hochgewürgter Vogelschleim, Blassbacken-Finn wollte unbedingt den Helden spielen. Seitdem er Wing Tsun lernte, litt er anscheinend unter größenwahnsinniger Selbstüberschätzung.

»Nein!«, meckerte ich. »Das schaffst du nicht. Hol lieber Hilfe!«

Aber Finn ließ sich nicht davon abbringen. »Nun mach schon!«

»Verdammt, nein! Hol meinen Vater! Oder Wutz!«

»Jetzt hör auf zu flennen und mach«, blaffte er zurück.

Ich biss die Zähne zusammen. Also gut, er hatte es nicht anders gewollt. Seufzend streckte ich die Arme in die Höhe. Ich tastete in der Luft nach seinen Fingerspitzen. Aber da war nichts.

»Es geht nicht«, ächzte ich. Mein rechtes Bein tat bei jeder Bewegung so abartig weh, dass mir ganz schwindelig wurde.

»Okay«, keuchte Finn, »ich versuche, mich noch weiter zu dir hinunterzubeu…«

Der Rest seines Satzes wurde von wilden Flüchen gefressen. Unwillkürlich verschränkte ich die Arme über dem Kopf und wälzte mich zur Seite. Aber Entkommen war in dem engen Schacht nicht drin. Wie eine Rakete mit Düsenantrieb schoss Finn mit dem Kopf zuerst auf mich zu.

»Auaaa …«, stöhnte er.

»Was soll das? Bist du verrückt? Verdammt!«, fluchte ich, während mein Gesicht gegen die Brunnenwand gequetscht wurde. Alles in mir sehnte sich in diesem Augenblick danach, Finn die Gurgel umzudrehen. Ganz langsam! Und extrem schmerzlich!

Finn hatte Glück, denn meine Arme klebten genau wie mein Gesicht an der feuchten Brunnenwand.

Während Finn stöhnend seine Körperteile sortierte, japste ich angestrengt nach Luft und versuchte, mich zu drehen. Aber die fiesen Schmerzen in meinem Bein ließen das kaum zu.

Finn schaute total verdutzt aus der Wäsche. »Mensch, echt … ich dachte, ich schaffe es … «, stammelte er.

Sein Es-tut-mir-leid-Gestammel konnte er sich getrost an die Streberbirne nageln! Ich kochte vor Wut, konnte aber leider nichts dagegen tun, eingeklemmt wie ich war.

Finn hingegen hatte sich inzwischen zurechtgeruckelt und die Poleposition eingenommen. »So ein Mist«, ärgerte er sich. »Ich bin abgerutscht. Dieses blöde Brett hat einfach unter mir nachgegeben. Ich hätte …«

»Halt die Klappe! Sonst stopfe ich sie dir!«, fauchte ich böse und rieb mir meine lädierte Stirn.

Wie immer wollte Finn nicht auf meinen Ratschlag hören und laberte fröhlich weiter.

Mann, der Typ hatte echt Nerven. Brachte uns in diese selten blöde Lage und war dann auch noch so dreist, sich darüber lustig zu machen.

»Na ja, solange die Zombies vom Friedhof gegenüber nicht auf die Idee kommen, uns einen Besuch abzustatten, werden wir das hier schon überstehen«, lachte er.

Ich murmelte ein paar Drohungen, und Finn begriff wohl, dass es jetzt wirklich besser war, erst mal die Klappe zu halten, wenn ihm was an seinen Vorderzähnen lag.

Plötzlich erklang von oben ein echt schauriges Geräusch. Ein zähnefletschendes Knurren und dazwischen ein abscheuliches Grummeln.

Ein Stromschlag schoss durch meinen Körper und das Blut gefror mir in den Adern.

Ich schielte zu Finn.

»Hast du das auch gehört?«, flüsterte ich.

Keine Antwort. Finn hockte bewegungslos neben mir und hatte den Kopf wie eine Schildkröte eingezogen. Er schaffte es sogar, ein Stückchen nach unten zu rutschen und mich dafür etwas Richtung Brunnenöffnung hochzuschieben.

Mann, Mann, Mann! Dieser Verräter klemmte den Schwanz ein und ich konnte noch nicht mal was dagegen tun.

Außer vielleicht nach oben linsen, um festzustellen, dass dort niemand war. Nur ein fieser Hirngespinst-Polyp, der mit seinen Fangarmen nach uns griff und dabei schaurige Geräusche von sich gab.

Ja, verflixt, so war das!

Doch mein Blick hatte noch nicht einmal den äußersten Brunnenrand erreicht, da begann es über uns erneut, schockgruselig zu knurren.

Das Herz sank mir in die Hose. Und sosehr ich mir auch den Mut eines Löwen wünschte, ich konnte doch nur in dem finsteren Brunnenschacht hocken und mit den Zähnen klappern.

»Finn«, flüsterte ich wieder. »Hast du das auch gehört?«

Ein fetter Dreckklumpen traf mich an der Stirn und verfehlte nur um Millimeter die riesige Beule, die ich Finn zu verdanken hatte.

Ich schaute nach oben und blickte direkt in vier bösartige Zombieaugen. Schlagartig war ich wie gelähmt – gleichzeitig schlotterten meine Knie wie verrückt. Ich starrte gebannt hoch, wo sich das Zombiegesicht jetzt zu einem grässlichen Grinsen verzog.

Dann duckte sich der Untote zum Sprung.

Ich schlug meine Hände über den Kopf, presste mein Gesicht gegen die Brunnenwand und machte mich darauf gefasst, dass sich jede Sekunde die fiese Klaue des Grauens um meine Kehle legen würde … Gleich war ich erledigt. Genauso untot wie der Grufti über mir. Das war so sicher, wie Gismos Katzenfürze in den Augen brannten.

»Bitte nicht!«, jammerte Finn neben mir. »Wir sind doch noch viel zu jung zum Sterben.«

»Und ich schwöre, dass ich nie wieder auf den Kirchhof machen werde«, wimmerte eine zweite Stimme.

Durchgeknalltes Borstenschwein, diese Wimmerstimme hörte sich verdächtig nach meiner an.

»Ihr seid ja gar keine Hühner. Und was habe ich da gerade hören müssen, du hast auf den Friedhof gewürstelt?«

Teufelsblitz! Die Vierfachaugen und Mörderzähne gehörten zu Kittelmän. Der Horrorsteinmetz von drüben war der Zombie, der Finn und mir nach dem Leben trachtete. Aber warum dachte er, wir seien Hühner?

»Hasso. Gott sei Dank!«, atmete Finn auf. Er schien im Gegensatz zu mir echt erleichtert zu sein.

»Wie seid ihr denn da runtergekommen?«, brummte Zombiekittelmän scheinheilig.

Aber ich kaufte ihm die Nummer nicht ab. Mir war nämlich gerade ein funkelndes Lichtlein aufgegangen. Und was für eins. Das war eine hinterhältige Falle, in der Finn und ich da hockten. Aufgestellt von keinem Geringeren als Zombiekittelmän.

Ich spürte, wie sich Panik in mir breitmachte. Aber ich brachte noch immer keinen Laut über die Lippen.

»Mhm. Ich dachte, eins von Karlis Hühnern ist wieder in den Brunnen gefallen. Hab das Ding doch deshalb sogar schon abgedeckt«, versuchte er, uns weitere Lügengeschichten aufzutischen. »Dann geh ich mal die Strickleiter holen.«

Mit diesen Worten verschwand er und ich starrte erneut in den Sternenhimmel.

Finn knuffte mich in die Seite. »Jetzt wird alles gut.«

»Nix wird gut. Der macht uns alle. Was glaubst du wohl, warum wir hier unten hocken? Denkst du, das ist Zufall?«, zischte ich.

Finn sagte nichts. Er glotzte mich nur blöd an.

»Kriegst du Angst? Zu Recht, Junge, zu Recht!«, stachelte ich ihn an.

Ich schluckte verdattert, als Finn mit einem Mal zu glucksen anfing. »Klar doch«, kicherte er. »Hasso ist der Sensenmann und ich bin Michael Jackson.«

Ich nickte. »Stimmt! Michael Jackson ist ja auch tot. Genauso wie wir gleich.«

Über uns tat sich was. Bestimmt hatte Kittelmän irgendwelche Folterwerkzeuge geholt und wollte nun kurzen Prozess mit uns machen. Aber statt Kittelmäns Horrorgesicht erschien Marys besorgte Miene im Schein einer Taschenlampe. Es folgten Linda, Wutz und schließlich Pa. Als Letztes drückte sich noch Helena zwischen ihren Beinen hindurch und stierte nach unten. Dabei schleckte sie sich wie zum Hohn übers Maul.

10

TSCHÜSS, MEIN KLEINER!
RICK, WIR MÜSSEN LOS. DU KOMMST HIER KLAR, ODER?
ZZZZZ
JA! LASST MICH NUR ALLE ALLEIN!
PUPS!
DU BIST DER EINZIGE, DER NOCH ZU MIR HÄLT, NICHT WAHR?
Z
?
RÖCHEL!

»Welcher Tag ist heute?«, krächzte ich.

Die Krankenschwester schaute mich lächelnd an und legte mir die Hand auf die Schulter. »Es ist Freitag. Aber nur noch für zehn Minuten.«

»Freitag? Welcher Freitag?«

Sie antwortete mir nicht. Legte mir nur eine graue Bleischürze über den Oberkörper und eine eiskalte Metalltafel neben mein rechtes Bein.

»Bleib bitte so. Nicht bewegen. Es geht ganz schnell.«

Dann verschwand sie in den Nebenraum und das Rattern eines Röntgengeräts war zu hören. Nur sieben Herzschläge später saß ich wieder im Rollstuhl.

»Und? Kann man schon was sagen?«, empfing Pa uns vor der Tür.

Die Krankenschwester schüttelte den Kopf. »Der Arzt ruft Sie auf, sobald er sich die Röntgenbilder angeschaut hat.«

Pa seufzte tief und schob mich ins Wartezimmer zurück.

Mary und Linda sprangen gleichzeitig von ihren Stühlen auf. Mit ausgefahrenen Ellbogen erkämpfte sich Mary den Platz an der Spitze.

»Na, was ist?«, fragte sie aufgeregt. »Hat er sich etwa was gebrochen?«

Pa zuckte mit den Schultern. Mary stöhnte kummervoll auf, und Linda begann, mir mitleidig über den Oberarm zu streicheln. Mit Argusaugen musterte Wutz seine Konkurrenz.

Sie buhlten um mich, wie ein gieriges Spinnenweibchen um ihren Bräutigam, bevor sie ihn nach der Hochzeitsnacht auffraß.

Aber ich hatte sie durchschaut. Außerdem musste ich mich irgendwie gegen Marys vor Spucke triefende Küsse zur Wehr setzen. Dringend!

»Lasst mich bloß in Ruhe! Ihr braucht jetzt gar nicht so zu tun!«, blaffte ich sie an.

Doch niemanden schien meine Meinung zu interessieren. Sie glotzten mich nur allesamt an und lächelten nachsichtig.

»Rick Michalski in Raum drei!«, erklang eine Stimme hinter mir.

In Turbogeschwindigkeit wendete Pa den Rollstuhl und schob mich aus dem Wartezimmer.

»Hast du Angst?«, versuchte er, mein Schweigen zu deuten.

Ich grunzte abweisend.

Aber auch das schien mein Pa in seiner gespielten riesengroßen Sorge um mich nicht zu raffen.

Bevor er mich in das Behandlungszimmer schob, beugte er sich blitzschnell zu mir herunter und platzierte einen ultrapeinlichen Schmatzer auf meine linke Wange.

»Igitt!«, stöhnte ich auf und hoffte gleichzeitig, dass der Arzt es nicht gesehen hatte. Am Ende dachte der noch, mein Vater würde sich ernsthaft um mich sorgen.

OBERPUSTEKUCHEN! Die hatten seelenruhig ihre alte Bruchbude weiterrenoviert, während ich stunden-, tage-, ach-was-weiß-ich-wie-lange in dem Brunnenschacht um mein Leben gekämpft hatte.

Der Arzt war ein junger Typ mit randloser Brille und blondem Stoppelhaar. Er lächelte mich an und wandte sich dann an Pa. »Tja, leider keine guten Nachrichten.«

Ich schluckte verdattert. »Wie jetzt?«, krächzte ich. Plötzlich fehlte mir die Luft zum Atmen.

»Du hast dir das rechte Wadenbein gebrochen.«

»Oh nein«, stöhnte mein Vater, als ob es *sein* Wadenbein wäre.

Ich funkelte ihn wütend an. »Ach, tu doch nicht so!«, fauchte ich. »Wenn Kittelmän nicht zufällig seine *Falle* überprüft hätte, dann wäre ich da unten verrottet, und du hättest es noch nicht mal gemerkt!«

Mein Vater zuckte zusammen, während der Arzt irritiert zwischen uns beiden hin- und herschaute.

»Rick, was-was redest du denn da?«, druckste Pa verlegen herum. »Das ist doch Unsinn. Wir dachten, dass du nach Hause gegangen bist.«

Ich lachte höhnisch auf. »Klar! Ihr habt tagelang angenommen, dass ich bestimmt nur in meinem Zimmer hocken würde, oder was?!«

Pa sah mich an, als ob mir ein zweiter Kopf gewachsen wäre. Er machte den Mund auf.

Aber der Arzt kam ihm zuvor. »Ich würde sagen, wir kümmern uns jetzt erst einmal um den Bruch. Eine OP halte ich in diesem Fall nicht für ratsam. Wir werden den Unterschenkel mithilfe eines Gehgipses ruhigstellen.«

»Wie lange?«, fragte Pa.

Der Arzt runzelte die Stirn. »Na ja, gehen Sie am besten mal von vier Wochen aus. Anschließend sollte die Unterschenkelmuskulatur mit speziellen Reha-Maßnahmen gestärkt werden.«

Pa stöhnte schon wieder, und ich begann, langsam zu begreifen. Mindestens vier Wochen Gips. Das bedeutete auch, mindestens vier Wochen kein Eishockey! Und wem hatte ich all das zu verdanken?

Meiner *Familie!* Und diesem schrecklichen Trümmerhaus, in das ich sowieso gar nicht einziehen wollte. NO! NIEMALS! IM LEBEN NICHT!

Der Arzt strich sich über seine Stoppelfrisur, schob seine Brille zurecht und nickte mir zu, als wollte er sagen: *Na, dann viel Glück, Kleiner! Wenn du mich fragst, wirst du das bei dieser chaotischen Familie auch brauchen!*

Ich schluckte und wich seinem Blick aus. Stattdessen schaute ich zu meinem Vater. Heilige Yetikralle, das hätte ich besser gelassen. Der heulte!

Dem Arzt war mein flennender Vater anscheinend auch peinlich, denn er straffte die Schultern und erklärte, dass eine Schwester gleich den Gipsverband anlegen würde.

»Das wird schon«, murmelte er, lächelte erst mich und dann Pa aufmunternd an und verschwand aus dem Behandlungszimmer.

Als die Schwester mich eine ganze Weile später ins Wartezimmer zurückschob, begann der Run um meine Gunst aufs Neue. Nur Finn beteiligte sich nicht. Er lag quer über zwei Stühlen und pennte mit offenem Mund.

»Hey, cooler Gips. Darf ich gleich mal was draufschreiben?«, wollte sich Wutz bei mir einschleimen.

Linda hatte sogar schon den Filzstift gezückt. »Ich zuerst! Ich zuerst!«, rief sie und schob Wutz beiseite.

Pa und Mary hielten sich zwar zurück, aber ich sah ihnen ganz genau an, dass sie was im Schilde führten.

»Ich will das nicht!«, fauchte ich. »Keiner schreibt was drauf. Klar, basta und Schluss!«

Linda senkte den Stift und Wutz hüstelte verlegen.

Und dann ließ Pa auf einmal die Bombe platzen. »Mit dem Gips kannst du unmöglich die nächsten vier bis sechs Wochen die vielen Treppen zu unserer Wohnung rauf- und runtersteigen.«

Achtung, Rick. Das bedeutet nichts Gutes!

Nachdenklich kratzte ich mich an der Beule, die ich Finn zu verdanken hatte.

»Wir haben deshalb beschlossen, die untere Etage im Haus so weit herzurichten, dass wir in den nächsten Tagen dort provisorisch einziehen können. Zumal wir dich unmöglich in der WG alleinlassen können, wenn wir den ganzen Tag über im Haus arbeiten.«

Ich starrte ihn fassungslos an. »Das ist doch ein Scherz, oder?!«

Das Lächeln in seinem Gesicht erstarb.

Mit zusammengekniffenen Augen wartete ich auf ein Nicken und für eine Nanosekunde sah es auch danach aus. Pa schluckte und trat nervös auf der Stelle herum. Aber dann schüttelte er den Kopf. »Die Sache ist bereits beschlossen, Rick.«

Ich war platt. So stand es also um uns. Ich musste ins Trümmerhaus, und Wutz freute sich ein zweites Loch in den Bauch, weil er uns nun noch schneller loswurde als gedacht.

MIERDA!

Die nächsten Tage verbrachte ich fast ausschließlich im Bett. Ich klebte geradezu am Laken fest und verließ es nur, wenn ich aufs Klo musste.

Linda und Mary wechselten sich in meiner Rundumbetreuung ab, während Pa sich für die Umbauarbeiten Urlaub genommen hatte, damit ich auch ja möglichst bald in die Bruchbude einziehen konnte.

Fast alle Spieler aus meinem Young-Indians-Team hatten mir schon einen Krankenbesuch abgestattet. Sogar der Trainer. Nur Nelly nicht.

Finn meinte, sie wäre noch immer stinksauer auf mich und das sei es auch gewesen, was er mir neulich sagen wollte. Nämlich dass sie total auf mich stand, ich aber einfach zu blöd war. ›Volltrottel‹ hatte er mich genannt und sich dann schnell vom Acker gemacht, bevor ich ihm mit dem Puck, der auf dem Hocker neben mir lag, 'ne Mörderbeule hatte verpassen können.

Die Beule, die ich ihm zu verdanken hatte, thronte übrigens immer noch auf meiner Stirn. Inzwischen hatte die

Haut ringsherum eine grünbläuliche Färbung angenommen.

Vladi hatte bei seinem Besuch Leuchttürme gestaunt. »Wow! Du siehst ja echt wild aus.«

Rick ist gefährlich!, hatte er anschließend mit fettem schwarzem Marker auf meinen Gips gekrickelt.

Ich hatte rau und wild gelacht. Aber in Wirklichkeit fühlte ich mich nicht so. Null!

Inzwischen hatte ich auch geschnallt, dass meine Familie mich nicht in Horrorkittelmäns Falle hatte verrotten lassen wollen. Finn hatte alles ganz genau recherchiert: Gegen acht Uhr am Freitag war ich in den Brunnen gestürzt. Er selbst war um halb zehn hinterhergesegelt und um zehn hatte Kittelmän uns dann entdeckt.

Na guuut! Wenn ich schon mal dabei bin, es gab auch keine Horrorkittelmän-Falle. Hasso Krampf hatte die Abdeckung tatsächlich wegen der Hühner von dieser Tierärztin Karli gezimmert. Und ja, ja, ja … ist ja schon gut. Ich hatte lediglich ein paar lächerliche Stündchen da unten verbracht.

Aber, verdammte Magerquarkgrütze, war das nicht völlig Latte?! Am Ende kam es eh hammerhart für mich. Mary hatte nämlich gewaltig auf den Tisch gehauen und damit gedroht, mir die Ohren mindestens einen halben Meter lang zu ziehen, wenn ich nicht endlich mit dem kindischen Herumgeschmolle aufhören würde. Sie war sogar so weit gegangen, mir mit Kartoffelpufferentzug zu drohen.

Ich sag's euch. Nur aus diesem Grund habe ich nachgegeben. So kleinlaut, dass ich mindestens auf Zwergengröße geschrumpft sein musste. Garantiert ragte nur noch meine Nasenspitze aus dem Gipsverband heraus.

Dann kam der Sonntag, der letzte Tag in meinem früher so genialen WG-Leben, denn morgen sollte ich ohne Widerworte umziehen. Darum war ich letzte Nacht sogar noch ein Stückchen kleiner geworden.

Bestimmt nahm mich Nelly deshalb auch nicht wahr, als sie mit Finn das Billardzimmer betrat.

Okay, mag auch daran liegen, dass sie mich nicht auf dem Sofa in der Ecke vermutet hat. Ich hatte nämlich die Flucht ergreifen müssen, weil Wutz es *gut gemeint* und Gismos Körbchen zu mir ins Zimmer gestellt hatte.

»Dann bist du nicht so allein.«

Ey, super! Nur leider hatte er die Gasmaske vergessen. Gismo hatte mir dermaßen die Bude zugeräuchert, dass ich nur noch die Flucht ergreifen konnte.

Nun lag ich also auf dem Sofa – großer Gips, winzig kleiner Rick – und lauschte Nellys und Finns Worten.

»Ich glaub, ich trau mich doch nicht«, raunte Nelly Finn vor meiner Zimmertür zu.

Der schüttelte den Kopf. »Unsinn! Jetzt komm schon und sag ihm mal ordentlich deine Meinung. Schließlich kann er diesmal nicht weglaufen.« Er machte einen auf Hinkebein und grinste schadenfroh. Nelly lachte.

Was für eine hinterhältige Milchschnitte! Ich biss die Zähne zusammen und ballte die Hände zu Fäusten.

»Okay, aber es könnte sein, dass ich ihm ordentlich eine

klatsche«, knurrte sie entschlossen. Doch gleich darauf verzog sie den Mund zu einem breiten Grinsen und meinte: »Oder ihn küsse. Mal sehen, wie er sich benimmt.«

Auweia. Das ertrage ich nicht!

Meine Ohren glühten inzwischen so, dass ich befürchtete, sie könnten abfackeln.

»Wenn er sich doch nur nicht immer so kindisch aufführen würde. Wie ein Kleinkind. Schrecklich!«, redete Nelly weiter.

Und Finn, der Mädchenversteher, hatte nichts Besseres zu tun, als ihr den Arm um die Schultern zu legen und zu murmeln: »Wenn er sich blöd benimmt, bin ich ja auch noch da.«

Ich zuckte zusammen. Und knirschte vor Wut mit den Zähnen! Was fiel dem Popel ein, sich an Nelly ranzuschmeißen!? Mit letzter Willenskraft schloss ich die Augen und zählte bis zehn. Dann räusperte ich mich leise und öffnete die Augen wieder.

Erschrocken fuhren die beiden zu mir herum.

Nelly wurde blass wie ein Vampir. Und Finn rot wie ein Feuermelder.

Hastig löste Nelly sich aus Finns Umarmung und kam auf mich zu.

Ich starrte sie an und schluckte. In diesem Moment wurde es mir klar: Mädchen sind hochgiftiges Gift und Zauberhexen zugleich. Sie können in dir lesen wie in einem aufgeschlagenen Buch. Sie durchschauen dich. Egal, wie cool du tust. Sie wissen es besser.

»Hi, Ne-Ne-Nelly«, stotterte ich.

»Hi, Rick«, hauchte sie und klimperte mit den Wimpern.

Ich schnappte nach Luft und fing an, den totalen Schwachsinn zu labern. »Soll ich dir meinen neuen Rap vorführen? Geht auch im Sitzen.«

Finn stöhnte übertrieben und verzog sich ins Bad, ohne die Tür hinter sich zuzumachen.

Aber Nelly strahlte mich an. Voll Karacho!

Sie beugte sich zu mir herunter. Mein Herz wummerte wie ein Skateboard über die Rampe und dann gab sie mir, oberheilige Yetikralle, einen Kuss auf den Mund.

SCHMAAATZ!

Er schmeckte nach Pfefferminzkaugummi.

Ich wollte cool tun. Doch das Blut schoss mir aus dem Gesicht und ich war mit einem Mal leichenblass. Und meine Stimme so kalt wie ein Eskimopups.

»Ganz nett.«

Die Stille danach war tödlich.

Ihr folgte Nellys messerscharfer Fluch: »Mann, Rick Michalski, du bist so ein Blödmann! Das mit uns hat sich erledigt. Da kannst du Gift drauf nehmen!«

Ich biss mir vor Schreck auf die Zunge, als die Wohnungstür hinter ihr zuschepperte. Dann kam auch schon Finn und zeigte mir siebenmal hintereinander einen Vogel.

»Halt die Klappe, Manni Milchschnitte!«, schnauzte ich ihn an.

»Ohohoh! Ich mach mir vor Angst gleich in die Hose!«, spottete Finn und rannte Nelly nach.

Schitte!

Ich fiel beinah vom Sofa und konnte mich nur im letzten Augenblick an der Lehne festhalten.

Schon klar, ich hätte mir wohl lieber die Zunge abbeißen sollen, als so einen Mist zu labern, das wusste ich. Aber jetzt mal im Ernst, ich war nun mal nicht so ein Tütensuppenfressertyp, der seinen Eishockeyschläger in die Sonne stellte. Ich mochte es eiskalt und stand auf messerscharfe Kufen.

Die Young Indians und ich, wir träumten davon, die beste Jugendeishockeymannschaft der Welt zu werden. Ich träumte von der Nationalmannschaft. Von einer Profikarriere. Der größte Stürmer aller Zeiten wollte ich mal sein.

Hammerhammerhammerrochen! Und jetzt hockte ich winzig wie ein Zwerg auf dem Sofa und Nelly hatte mich auf den Mund geküsst. Meine Vereinskameradin!

Ich meine, sollten wir demnächst nach einem Sieg feuchte Schmatzer austauschen? Damit die anderen Teams sich vor Lachen nicht mehr auf den Beinen halten konnten? Und am besten noch ein Herz ins Eis ritzten? *Rick liebt Nelly!*

Wie peinlich wäre das denn?!

Nö. Nö. NÖÖÖ!

»Herzlichen Glückwunsch, Stiefbrüderchen! Die redet nie wieder ein Wort mit dir!« Finns Spott riss mich aus meinen Gedanken. Er war zurückgekommen. Ohne Nelly.

»Pass auf, was du sagst!«, drohte ich ihm. »Ich steh nun mal nicht auf glibberige Küsschen. Vielleicht ja du?!«

Finn wurde knallrot. Er grummelte herum und wollte wohl noch irgendetwas sagen. Doch ausnahmsweise fiel dem Klugschwätzer nichts ein.

Aber das war sowieso überflüssig. Es war bereits alles gesagt!

Gismo kam ins Billardzimmer geschlichen. Er hockte sich direkt vors Sofa und glotzte zu mir hoch.

»Was ist?«, fuhr ich ihn an.

Er maunzte, als wollte er sagen: *Jetzt tu bloß nicht so cool. Du hast ja nur Schiss, weil dir der glibberige Pfefferminzkuss von Nelly richtig gut gefallen hat.*

Ich zeigte ihm den Mittelfinger und drehte mich weg.

Gegen Abend wurde es hektisch in der WG. Mary fing an, meine Sachen zu packen. Nur das Nötigste, meinte sie und packte dann doch fast alles ein.

Meine Möbel, bis auf den Baseballhandschuhsessel, sollten verschrottet werden. Unter massivem Protest hatte ich mir im Ikea-Katalog neue Möbel ausgesucht, die Pa und Wutz besorgt und bereits in meinem *neuen Zimmer* aufgestellt hatten.

Dort warteten jetzt STORÅ, PAX und zwei BILLYs auf mich. Später sollten noch mehr ihrer schwedischen Kumpels dazukommen.

Mary sorgte sich ein wenig wegen STORÅ. »Wie sollst du denn mit dem Gips in das Hochbett kommen?«

Wutz schlug die Variante Flaschenzug vor und schmiss sich halb weg vor Lachen.

Ich fand's kein bisschen lustig. Ich fand überhaupt nichts mehr lustig.

Pa meinte, er würde erst einmal eine Matratze unter das Hochbett legen. »Und dann kaufen wir noch so ein ausklappbares Sofa für dich. Später können da deine Kumpels drauf schlafen, wenn sie bei dir übernachten.«

Wutz kicherte albern. »Oder die Mädels.«

Ich biss mir auf die Lippen und dachte: IDIOT!

Gismo schaute auch schon wieder besserwisserisch um die Ecke. Ich warf ihm einen Legostein an den Kopf, den Mary ganz weit hinten in meinem Schrank entdeckt hatte.

Empört maunzend ergriff er die Flucht.

»Spinnst du?!«, regte sich Wutz auf. »Dank dieser netten Tierärztin erholt er sich gerade allmählich von seinem Trauma.«

»MIR DOCH EGAL!«, schnauzte ich zurück.

Wutz holte tief Luft. »Langsam habe ich keinen Bock mehr auf deine miese Laune.« Dann zog er ab. Bevor ich sagen konnte, worauf *ich* so alles keinen Bock hatte.

Mary grummelte sich was in den Bart und suchte ebenfalls das Weite.

Da saß ich nun in meinem Bett, inmitten von gepackten Kisten und ausgeräumten Möbeln, und wusste eine Sache mit tausendprozentiger Sicherheit: Ich wollte hier nicht weg. In diesem Moment spürte ich es geradezu körperlich. Meine Unterlippe zuckte gefährlich. Ich konnte es nicht verhindern. Ich wollte nicht heulen. Bloß nicht!

Aber noch weniger wollte ich lesen. Und bestimmt keine

Horoskope, die in irgend so einer Frauenzeitschrift standen. War doch eh alles voll der Betrug. Daran glaubten sowieso nur Leute, die nicht mehr alle Matrosen am Mast hatten.

»Lies mal dein Wochenhoroskop, Rick!«, forderte Linda mich dennoch auf. »Und wenn du Lust hast, können wir später darüber reden.«

Damit drückte sie mir die Zeitschrift in die Hand und rauschte aus meinem Zimmer.

Ganz sicher nicht!, wollte ich ihr am liebsten nachrufen. Aber für heute hatte ich es mir schon mit genug Leuten verscherzt.

Seufzend las ich dieses dämliche Horoskop.

Schmollen und Beleidigtsein bringt Sie nicht weiter. Zeigen Sie jetzt lieber erst recht, was wirklich in Ihnen steckt.

Nur zwei Sätze. Und die waren bestimmt nicht an mich gerichtet. Mich hatte noch nie jemand gesiezt.

Dennoch piksten sie in mir wie ein Stachel mit fiesen Widerhaken. Vielleicht war ja mein Herumgeschmolle tatsächlich nicht die beste Strategie?!

11

RICK MICHALSKI LÄSST SICH NICHT UNTERKRIEGEN! OH NEIN!
AB HEUTE DENKE ICH POSITIV UND SAGE:
GUTEN MORGEN...
RUMPEL!
...LIEBER TAG...
VORSICHT FARBE

Das Zimmer war groß. Und es gefiel mir, weil ich nämlich über Nacht beschlossen hatte, ein anderer zu werden. Offen für alles und jeden. Selbst für feuchte Mädchenküsse.

Ich humpelte hin und her und schaute mich neugierig um.

Pa und Linda standen in der eingebildeten geöffneten Tür und beobachteten mich dabei. Sie sahen aus wie zwei Erdmännchen, die aus dem Zoo ausgebrochen waren.

Ähm ... warum die geöffnete Tür nur eingebildet war?

Ganz einfach, es gab gar keine Türen. Sie waren noch nicht geliefert oder nicht eingebaut oder was weiß der Teufel. Mir war's eh egal. Ich war ja jetzt ein positiv denkender Mensch. Und positive Menschen brauchen keine Zimmertüren.

Mary wuselte in der *provisorischen* Küche herum. Finn war beim Wing Tsun und Helena drüben bei der Tierärztin. Seitdem sie die Gruppe »Halt und Kraft für überängstliche und nervöse Hunde« besuchte, war die Flasche Klosterfrau Melissengeist nicht mehr zum Einsatz gekommen.

Kaum zu glauben, aber plötzlich war alles und jeder um mich herum so was von harmonisch.

Als ich aus dem Fenster schaute, fiel mein Blick auf Kittelmän. Er entdeckte mich ebenfalls und winkte mir fröhlich.

Echt wahr! Seine Hände waren also doch nicht in den Kitteltaschen festgetackert, wie ich vermutet hatte.

Um den Brunnen herum befand sich jetzt ein kleiner Zaun. Natürlich auch nur *provisorisch*, hatte Pa mir gesagt. Aber es war auf jeden Fall voll okay von Kittelmän, dass er diesen dort sofort nach meinem Unfall aufgebaut hatte.

Ach, wie positiv und nett alle waren, wenn ich es ebenfalls war.

Es machte mir auch überhaupt nichts aus, dass mein Lieblingsshirt am Rücken nun hellgelb war, weil ich mich gegen die frisch gestrichene Flurwand gelehnt hatte.

Und dass ich mir die Finger am *provisorischen* Klodeckel geklemmt hatte, kostete mich nur ein lässiges Schulterzucken.

Klar hatte es wehgetan. Und natürlich hatte der Hammer, der dem Handwerker in der ersten Etage aus der Hand gefallen war und mich nur um wenige Millimeter verfehlt hatte, für ein wenig Herzgedröhne bei mir gesorgt. Auch dass Mary mir den Gips mit dem Föhn trocknen musste, weil der Wasserhahn im *provisorischen* Badezimmer abgesprungen war, hatte mich kein bisschen aus der Fassung gebracht.

Null!

Ich war ja jetzt ein anderer. Ich war positiv.

Sowie der Gips runter war, wollte ich mit Kreistanz anfangen.

Nein, noch besser. Ich würde Lindas Kiryuho-Gruppe beitreten und jeden neuen Tag mit dem Sonnengruß willkommen heißen.

Und nächste Woche, wenn ich endlich wieder zur Schule

durfte (Pa wollte mich morgens hinfahren und Linda mich später abholen), würde die Püttelmeyer staunen, den *neuen* Rick kennenzulernen.

Okay, und bis dahin musste ich das alles hier einfach nur überleben.

»Rick, wir fahren noch mal in den Baumarkt. Linda und Mary kommen auch mit«, sagte Pa. »Wenn du nicht allein bleiben möchtest, dann könnten wir Hasso bitten rüberzukommen.«

Ich lehnte lächelnd ab.

Übrigens machte es mir absolut nichts aus, dass mich plötzlich alle wie ein Baby behandelten. Positive Menschen stehen nämlich über so etwas.

Schade, dass ich meine Benjamin-Blümchen-Bettwäsche nicht mehr hatte. Oder das Dream-Team-Sesamstraßen-T-Shirt von Ernie, Bert und mir. Das hätte gut zu meinem neuen Ich gepasst. Leider hatte Mary es beim Umzug in die Tonne geschmissen.

Seufzend humpelte ich Richtung Badezimmer. Die Tür war nur angelehnt. Ich griff nach der Klinke. Gleichzeitig ertönte von oben ein ohrenbetäubendes Gebrüll. Wie ein Pfeil schoss ein Handwerker die Treppe hinunter direkt auf mich zu.

»Junge! Pass auf! Die Tür!«, brüllte er.

Es machte WUSCH!, dann RATSCH! und zum Schluss BÄNG!

Im nächsten Moment lag ich unter der Tür, und ich hörte Finn, der dem Handwerker aufgeregt etwas zurief.

Keine Ahnung, was. Meine Nase war platt und außerdem schossen wilde Wasserfontänen um mich herum.

»Wir müssen hier weg! Rick, komm endlich mit!«, schrie Finn.

Ich wollte ja, aber ich konnte nicht. Der Handwerker war auf die Tür gesprungen und surfte auf ihr. Er hatte die Arme weit zur Seite ausgestreckt und hielt das Gesicht in den Wind. Ich war die Welle, auf der das Surfbrett ritt. Eine gewaltige Riesenwelle.

Ich bäumte mich auf wie ein Buckelwal. Ich gab wirklich alles, um es dem Wellenreiter nicht zu leicht zu machen. Aber an der Felsenwand zerbrach ich schließlich.

KLATSCH! KLATSCH! KLATSCH!

Was für ein mieser Felsen, dachte ich noch, als es zum vierten Mal KLATSCH! machte.

»Rick, hey, Rick, wach auf!«

Wie, wach auf? Warum eigentlich?

»Sind Sie sicher, dass er nur etwas benommen von dem Schlag ist?«, fragte Finn jemanden.

»Na klar. Was denn sonst?«, zischte derjenige zurück.

»Ich weiß nicht!«, flüsterte Finn. »Vielleicht ist er ja … tot?!«

»Red nicht so einen Blödsinn!«, fuhr ihm die Stimme über den Mund.

Ich machte die Augen auf und blickte direkt in Finns Gesicht. Und da war noch ein anderes Augenpaar. Dazwischen tanzten kleine funkelnde Sternchen eine wilde Samba.

»Rick! Kannst du mich hören?«

»Er kommt wieder zu sich«, krächzte die andere Stimme. Sie gehörte zu dem Handwerker, der mich vorhin über den Haufen rennen wollte. »Junge, hast du mir einen Schreck eingejagt.«

Die Sache mit dem Überleben ist wohl doch nicht so leicht, wie ich gedacht hatte, schoss es mir noch durch den Kopf, bevor es um mich herum dunkel wurde …

Ich schnarchte wie ein Rübenschwein. Und als die Sonne mich an der Nase kitzelte, da wachte ich auf. Ich blinzelte ein paarmal, bevor ich richtig munter wurde, die Bettdecke zur Seite warf und aufstehen wollte.

Aber warum lag ich eigentlich schon wieder auf der Matratze unter STORÅ? War ich nicht eben noch zum Klo gehumpelt? Und wie spät war es eigentlich? Welcher Tag?

Ich durchforstete mein Gehirn, doch da war nichts. Nur der Gipsklumpen an meinem Bein, aus dem es, wenn ich ehrlich war, langsam, aber sicher ein wenig zu mockern anfing.

Mary rümpfte ordentlich die Nase, als sie mein Zimmer betrat. »Puh, man könnte meinen, Gismo wäre hier gewesen.«

Die Erinnerung an Gismos stinkende Fürze sorgte bei mir für einen fiesen Stich mitten ins Herz. Niemals hätte ich gedacht, dass ich seine Stinker mal *so* vermissen würde.

Mary schien mein tiefes Seufzen ganz anders zu deuten. »Hast du Schmerzen, Schatz?«

»Nein«, murmelte ich.

Sie legte den Kopf schräg und ihre Unterlippe zuckte verdächtig. »Wer weiß, vielleicht überlegt Wutz es sich doch noch mal.«

Ich horchte auf. »Warum? Hat er was gesagt?«

»Nein, aber er hängt so oft hier herum, ich bin mir sicher, der kann gar nicht ohne dich und Philipp. Du wirst schon sehen.«

Ich nickte wenig überzeugt und Mary wuschelte mir durch die Haare. »Dein Vater hat übrigens eine Überraschung für dich.«

Super. Ich konnte es kaum erwarten, was er sich Neues überlegt hatte. Vielleicht mit uns auf die Spitze des Kilimandscharos ziehen?

»Bist du gar nicht neugierig?«, wunderte Mary sich.

Ich hob die Schultern.

»Es ist aber eine tolle Überraschung.«

Ich kaute gelangweilt auf der Unterlippe herum.

»Okay«, sagte Mary gedehnt. »Vielleicht stehst du noch ein wenig unter Schock wegen der Badezimmertür, die vorhin auf dich gefallen ist.«

Von der Tür – ähm, vom Türrahmen – erklang Finns Fiepsstimme. »Vielleicht leidet er ja unter Amnesie? Kein Wunder bei den vielen Kopfnüssen, die er in den letzten Tagen wegstecken musste.«

Oh, allerliebste Yetikralle. In diesem Moment überfiel mich ein wahrhaftiges Glücksgefühl, wie ich es noch nie zuvor erlebt hatte. Wie genial wäre das, wenn ich mich einfach an nichts mehr erinnern könnte!

Leider haben solche Hochgefühle einen entscheidenden Nachteil. Sie halten nicht lange an.

Ich schaute zu Finn hinüber und konnte mich schlagartig wieder an alles erinnern. Zum Beispiel daran, wie er und dieser Handwerker mich vorhin in mein Zimmer getragen und unter STORÅ gelegt hatten.

Und das war genau der Augenblick, in dem ich beschloss, doch kein positiv denkender Mensch zu sein. Wie denn auch, in diesem Irrenhaus, in dem man bei jedem Schritt damit rechnen musste, von Türen oder einem Hammer erschlagen zu werden. Um anschließend zu halluzinieren, dass man eine wilde Welle sei, auf dessen Rücken Handwerker auf Klotüren herumsurften.

Ich konnte es echt nicht fassen. Ich war schon genauso meschugge wie die anderen Durchgeknallten um mich herum. MIERDA!

12

RICK MICHALSKI IM RADIO! DAS IST DER BEGINN EINER WELTKARRIERE!
radio ffn
ALS ERSTES HAUE ICH MAL GANZ COOL EIN PAAR SPRÜCHE RAUS...
... UND SCHIEBE DANN EINIGE LOCKERE JOKES NACH!
Studio 1
?
DANN LEG MAL LOS! DU BIST AUF SENDUNG!
W...
WRSGL!

»Die Überraschung ist …« Pa hielt die Luft an. »Du daaarfst …« Er kicherte albern und ich gähnte gelangweilt. »Alsooo …«

Jetzt mal ehrlich, der hatte sie doch nicht mehr alle.

»Philipp, nun sag's ihm endlich«, fand jetzt sogar schon Linda, die ja sonst voll auf so ein albernes Getue stand.

Pa holte Luft. Und holte Luft. Und holte Luft. Er sah aus wie ein Luftballon kurz vorm Platzen. »Morgen früh um vier ist die Nacht für dich vorbei. Na, ist das eine Überraschung?!«

»Hey, super. Echt total klasse.« Ich verstand kein Wort.

»Mensch, Philipp«, stöhnte nun auch Mary. »Entweder du spuckst es jetzt aus oder ich mache es.«

Pa kniff die Augen zusammen, glotzte kurz zu Mary und wieder zu mir. »Weil du nämlich ab fünf Uhr morgens mit Morgenmän Franky auf Sendung sein wirst. Live!«

Die anderen starrten mich an. Grinsten erwartungsvoll. *Nun freu dich schon!*, schien Pas Laserblick zu bedeuten. Aber obwohl mich sein Lasergrinsblick fast in die Knie zwang, verzog ich keine Miene.

Dann lachte Finn. Und schließlich Mary. Sie krächzte und gurgelte, bis sie sich den Bauch halten musste. Pas Brummlachen hallte von den kahlen Wänden des neuen Hauses wider und Linda quiekte dazu wie eine Horde Kanarienvögel.

Okaaay. Ich bin ein Waschlappen. Aber ich konnte nicht anders. Ich freute mich. Erst ganz, ganz wenig, sodass es keiner von den Irren bemerkte. Doch dann gab Mary einen echt schrägen Gluckser von sich und ich verzog für eine Sekunde den Mund.

»Er freut sich. Freut, freut, freut sich!«, rief Mary.

»Hab's gesehen! Gesehen, gesehen, gesehen!«, stieg Linda in ihren lächerlichen Singsangtonfall ein.

Auweia, jetzt waren sie endgültig hinüber.

Bevor das Ganze noch peinlicher werden konnte, beschloss ich, mich vom Acker zu machen.

»Dann geh ich jetzt mal wieder ins Bett, äh ... auf meine Matratze, wenn ich morgen so früh rausmuss«, erklärte ich und humpelte davon.

Um vier klingelte der Wecker und ich war sofort hellwach.

Yeah! Der jüngste Moderator der Welt war bereit, sich in sein neues Leben zu stürzen – oder besser gesagt, sich sein altes zurückzuholen. Denn mein genialer Plan war ja, extrem erfolgreich und stinkreich zu werden.

In der Nacht hatte ich noch weiter daran herumgefeilt. Mit den vielen Mäusen, die sich bald in meinem Portemonnaie befänden, würde ich als Erstes Wutz' Wohnung kaufen. Und natürlich den Rest des Hauses gleich mit. Linda und Finn würden eine Wohnung darin bekommen und Mary und Helena auch. Aber wir vier, also Pa, Wutz, Gismo und ich, wir blieben schön in unserer Männer-WG. Dann lebten wir zusammen unter einem Dach und dennoch blieb alles so wie immer.

Ein absolut genialer Hammerplan!

Eine halbe Stunde später parkte Pa seinen Dienstwagen vorm Sender. Ich stieg aus und er kam ums Auto herumgesprintet.

»Nö, lass mal«, murmelte ich. »Ich geh allein rein.«

Pa schaute verdattert.

»Aber …«, brachte er schließlich heraus.

Ich hob lässig die Hand. »Ich kenn mich bei denen doch schon aus. Du musst nicht mitkommen. Bis später.«

»Okay«, erwiderte Pa ziemlich enttäuscht. »Aber denk daran, keine Sprüche über deine Lehrerin oder sonst jemanden.«

Ich nickte. »Kannst dich auf mich verlassen.«

Dann humpelte ich durchs Tor, die Treppenstufen hinauf und klingelte seitlich am Eingang. Der Türöffner summte und ich verschwand ins Innere des Senders.

Franky höchstpersönlich nahm mich in Empfang. »Hey, Rick. Wie cool, dass das heute geklappt hat.«

Ich nickte. Mehr war nicht drin.

Verdammt! Gerade war ich noch so lässig drauf gewesen und jetzt kloppte mein Herz wie eine hyperaktive Trommel. Meine Handflächen waren so glitschig, dass ich mich nicht traute, Franky die rechte hinzuhalten. Na ja, und meine Stimme hatte sich auch schon wieder komplett verabschiedet.

Franky legte mir die Hand auf die Schulter. »Ganz locker. Mike Leon und Bizkit haben schon gefrühstückt. Und ich steh auf *vegetarisches* Fast Food.«

Er lachte. Und ich kam mir noch blöder vor.

Rick, reiß dich zusammen!, schnauzte ich mich selbst an. Sonst wird das nichts mit der Moderatorenkarriere. Und die Millionen kannst du auch vergessen.

Franky schob mich in den Fahrstuhl. Das Ding setzte sich kaum merklich in Bewegung. Trotzdem krampfte sich mein Magen zusammen, und dann spürte ich auch noch, wie mir ein fetter Schweißtropfen über die Stirn lief.

El Kacko, wie peinlich war das denn?!

»Alles gut«, sagte Franky und nickte mir aufmunternd zu. »Lampenfieber gehört dazu.«

»Nö, hab kein Lampenfieber. Nur so 'n Drüsenproblem«, krächzte ich.

DRÜSENPROBLEM? Hatte ich das wirklich gerade gesagt?

Ich wollte schnell noch was von Pubertät und so hinterherschieben, aber Franky kam mir zuvor. »Und diese Frau Püttelmeyer macht dir also das Leben in der Schule zur Hölle?«

Ich nickte.

»An solche Pauker kann ich mich auch noch erinnern. Weißt du, was da echt hilfreich sein kann?«

Ich schüttelte den Kopf.

»Wenn sie dich das nächste Mal blöd anmacht, dann stell sie dir einfach in geblümter Unterwäsche vor. So verliert sogar das schlimmste Lehrerungeheuer seinen Schrecken«, schlug er mir augenzwinkernd vor.

Bah, wie grausam! Die Püttelmeyer in Unterwäsche war so ziemlich das Letzte, was ich mir vorstellen wollte.

Ich musste an Chrissy denken und wie wir uns schlapp gelacht hatten, als er einen schleimigen Popel auf den Lehrerstuhl geschmiert hatte. Jedes Mal, wenn die Püttelmeyer uns ihren gewaltigen Hintern zugedreht hatte, konnten wir uns über das Popelprachtexemplar auf ihrem hellen Rock beömmeln.

Das war ein gutes Bild – aber doch nicht die Püttelkuh in Unterwäsche.

Trotzdem nickte ich begeistert. »Guter Plan!«

Im Studio eins war es so, wie ich es mir nicht besser hätte vorstellen können. Eine hundertprozentige Männer-WG!

Franky und ich auf der einen Seite, sein Kollege Mike Leon auf der anderen. Im Körbchen schnarchte Studiohund Bizkit, der aber glücklicherweise nicht unter Blähungen litt, dem Geruch im Studio nach zu urteilen.

»Lea hat heute Urlaub«, erklärte Franky, nachdem er mir Mike Leon vorgestellt hatte, und half mir auf den Platz neben sich.

Ich schaute Franky beeindruckt dabei zu, wie er zwischen den irre vielen Knöpfen, Schaltern, Tastaturen und Bildschirmen herumfingerte.

»Lass uns kurz die Mods absprechen. Ein paar Minuten haben wir noch. Dann wird es ernst.« Er lachte, hüpfte herum, trank Limo, riss ein paar Sprüche und erklärte mir, wie das gleich ablaufen würde.

Ich hörte artig nickend zu und war total entspannt.

Irgendwann richtete sich Frankys wippender Zeigefinger direkt auf mich. »Jetzt bist du dran. Ich stell dich kurz vor und dann begrüßt du die Hörer. So wie eben besprochen. Okay?!«

Plötzlich hatte sich meine Kehle in die Wüste Gobi verwandelt – kochend heiß und furztrocken.

Franky hob die Hand. Ich starrte auf seine Finger. Er zählte. Ich röchelte nach Luft. Das rote Licht ging an. Er quasselte los. Ich schnappte immer noch nach Luft. Mike Leon sagte auch was. Ich räusperte mich wie verrückt. Die beiden starrten mich an. Franky nickte mir zu. Jetzt war ich dran.

Los doch, Junge, denk an deinen Plan. Denk an die Millionen. Hau sie alle vom Hocker …

»Ähm … ja, ich bin R-R-Rick. Bin auf der Tuch-Tucholsky-Gesamtschule.«

»Hi, Rick. Cool, dass du heute Morgen mein Gastmoderator bist«, sagte Franky.

Ich nickte.

»Respekt«, quatschte Mike Leon jetzt ins Mikro, »dass du so früh schon aus den Federn gekommen bist. Und dass du heute schulfrei bekommen hast.«

»Ähm … jo«, nuschelte ich. Obwohl ich an dieser Stelle eigentlich hatte sagen sollen, dass ich wegen meines Gipses sowieso nicht zur Schule musste.

Franky nickte mir aufmunternd zu. *Mach dich locker, Junge,* schien er mir sagen zu wollen. Ich atmete tief durch.

Dann erzählte Mike Leon einen Eishockeywitz: »Mitten im Spiel! Sagt der Trainer zum Eishockeyspieler: ›Du bist dran, raus mit dir!‹ Antwortet der Spieler: ›Trainer, ich geh da nicht raus. Die checken doch alles, was sich bewegt!‹ Sagt der Trainer: ›Na, dann hast du ja nichts zu befürchten!‹«

Alle lachten. Sogar Bizkit verzog die Schnauze.

Jetzt sollte ich eigentlich was über Eishockey erzählen. Von den Indians. Zumindest war das so abgesprochen.

»Äh, äh …«, krächzte ich ins Mikro, »ich-ich spiele auch Eis-Eishockey …«

»In welchem Verein spielst du denn, Rick?«, fragte Franky.

Ich starrte wie blöd auf das rote ffn-Logo auf seinem schwarzen Käppi und hätte wer-weiß-was für einen klaren Gedanken gegeben. Aber da war nichts – außer Frau Püttelmeyer in geblümter Unterwäsche.

Los, jetzt sag doch endlich was!

»Ich glaube«, legte ich schließlich los, während mir ein Schweißtropfen über den Nasenrücken lief, »in der Größe, wie meine Lehrerin Frau Püttelmeyer sie braucht, gibt es überhaupt keine geblümte Unterwäsche. Ich meine, die muss ihre Schlüpper doch bestimmt in der Zeltabteilung kaufen, und geblümte Zelte habe ich noch nie …«

Mit einem lauten Klatsch schlug ich mir die Hand vor den Mund. Doch da war es schon zu spät. Ab heute würde ich lieber den Rest meines Lebens im dunklen Keller hocken, bevor ich mich jemals wieder in die Schule wagen würde.

Franky musste sich schwer das Lachen verkneifen und

Mike Leon gegenüber biss sich in den Handballen. Aber sie moderierten weiter. Waren eben Profis und nicht so ein peinlicher Affe, der gerade seine Karriere versemmelt hatte, weil er einfach nicht seine Schnauze halten konnte.

Während ich meinen Kopf auf das Pult vor mir sinken ließ, quatschten Franky und Mike unbeirrt drauflos. Sie stellten das Ganze so dar, als ob ich mich versprochen hätte, und gaben ein paar ihrer peinlichsten Versprecher zum Besten.

Dann endlich wurde ein Jingle eingespielt und anschließend ein Lied.

Das rote Licht ging aus und Franky holte sehr, sehr tief Luft.

Unter seinem Blick schrumpfte ich auf Ameisengröße. Seine Augen waren braun, sehr braun, und sein Blick war ernst, sehr ernst sogar. Warum nur wurde ich den Eindruck nicht los, dass ihn gerade dieser Ernst eine Megaanstrengung kostete?

»Das mit deiner Lehrerin in geblümter Unterwäsche war wohl kein so guter Tipp von mir. Aber wer kann denn ahnen, dass du das gleich wörtlich nimmst?«, sagte er schmunzelnd.

Der Redakteur der Morningshow kam ins Studio und schlug sich im Gehen begeistert auf die Schenkel.

»Du bist ja ein echtes Naturtalent!«, freute er sich. »Die Telefonleitungen glühen. Und die E-Mails treffen im Sekundentakt ein.«

»Hä?«, krächzte ich.

»Die Leute finden dich gut!«, freute er sich noch mehr. »Ein Anrufer meinte, das hätte er früher auch gerne mal zu seiner Lehrerin gesagt.«

»Echt?«, fragte ich und schöpfte ein klitzekleines bisschen Hoffnung, dass mein Plan doch noch nicht verloren war.

Na ja, bis Pa ins Studio gestürmt kam und dabei wie ein Stier in der Arena schnaufte …

13

TRÖDEL NICHT, DIE STUNDE FÄNGT GLEICH AN!
ICH... ICH BLEIBE HEUTE BESSER DRAUSSEN!
WIESO DENN?
KEINE ANGST, DU SCHREIBST HEUTE BESTIMMT KEINE KLASSENARBEIT!
WER SPRICHT DENN VON KLASSENARBEIT?!
?
RICHARD MICHALSKI !!!

Zwei Tage später humpelte ich mit nigelnagelneuem Gehgips den Schulflur entlang. Allein!

Pa hatte einfach die Beifahrertür aufgerissen und mich zum Aussteigen gezwungen. Wortlos, nur mit der Kraft seines Blickes. Deshalb hatte ich gar nicht erst versucht, ihn umzustimmen.

Der Gang war mir noch nie so lang vorgekommen. Die Gesichter der Schüler noch nie so mitleidig.

Jeder von ihnen wusste, was mir, Rick Michalski, jetzt bevorstand. Was mich hinter der so harmlos erscheinenden Klassenzimmertür erwartete. Das wahrhaftige Grauen! Rosalie Püttelmeyer mit mindestens fünf Kisten der schlimmsten Schülerfolterwerkzeuge bewaffnet. Schlagstocklineale, Ohrenlangzieher, Nasenumdreher und noch andere fiese Dinge, von denen ich letzte Nacht geträumt hatte.

Aber gerade als ich meine pitschnasse Hand auf die Klinke legte und ein letztes Mal tief durchatmete, tippte mir jemand von hinten auf die Schulter.

Ich fuhr herum. Der Schulleiter, Herr Magma, stand vor mir. »Wo willst du denn hin?«

»In-in m-meine K-Klasse«, stammelte ich.

Er schüttelte den Kopf. »Erst mal folgst du mir in mein Büro!«

Na super! Das fing ja gut an. Erst 'nen astreinen Anschiss vom Schulleiter und anschließend mit der Püttelmeyer in den Schülerfolterring steigen.

»Was ist?«, blaffte er mich an, weil ich mich nicht augenblicklich in Bewegung gesetzt hatte. »Brauchst du eine Extra-Einladung?«

Ich schüttelte den Kopf und humpelte dem Schulleiter hinterher.

Der Anpfiff dauerte zum Glück nur drei Minuten. Er handelte von Respekt und was man sonst noch alles vor Lehrern haben sollte, und dann musste ich mich dreimal hintereinander mit feuriger Glühbirne entschuldigen.

»So, und jetzt sieh zu, dass du schnell in dein Klassenzimmer kommst.«

Damit war ich zu meiner Verwunderung entlassen. Na gut, der Magma war im Allgemeinen auch als echt okay bekannt. Das eigentliche Donnerwetter stand mir ja noch bevor. Und zwar nicht mehr lange, denn das Monster kam, auweia, genau in diesem Moment um die Ecke gestampft.

Als die Püttelmeyer mich entdeckte, breitete sie die Arme aus und strahlte mich an.

»Rick!«, rief sie begeistert.

HÄ? Die Püttelmeyer hatte mich noch NIE Rick genannt. NIEMALS! Hier war doch etwas oberfaul?!

»Da bin ich aber froh, dass es dir schon wieder so gut geht, dass du in die Schule kommen kannst.«

Inzwischen hatte sie mich erreicht und presste mein Gesicht mitten in ihren gewaltigen, bebenden Busen.

Oh knarrende Himmelspforte, konnte es etwas Grausameres geben?! Dagegen war Eislauftraining bei Susanna ja wie eine Currywurst mit 'ner extragroßen Portion Pommes rot-weiß und Himbeereis mit Marshmallows zum Nachtisch.

Nach Luft japsend versuchte ich, meinen Kopf zu befreien. Aber die Püttelmeyer hielt mich fest umschlungen. Verdammt, das war also ihre Strafe für mich: elender Erstickungstod verursacht durch Reinpressen in Atombusen.

Hinter uns räusperte sich jemand – und rettete mir damit in allerletzter Sekunde das Leben.

»Hallo, Frau Püttelmeyer«, sagte Finn, als ob es das Normalste der Welt wäre, dass ich in ihrem Busen meinen letzten Atemzug tat. »Darf ich Ihnen Rick kurz entführen? Er benötigt nämlich ganz dringend seine Medikamente.«

Ruckartig löste sie ihren Griff und schob mich von sich. Keuchend entfernte ich mich ein paar unsichere Humpelschritte von ihr. Und wenn Finn mich nicht am Arm festgehalten hätte, wäre ich bestimmt einfach hintenübergeknallt.

»Also, Finn, ich muss schon sagen«, zwitscherte die Püttelmeyer beeindruckt, »wie du dich um deinen zukünftigen Stiefbruder kümmerst. Alle Achtung!«

Finn lächelte freundlich und wollte mich mit sich ziehen. Aber die Püttelmeyer war noch nicht fertig mit mir. »Halt! Nicht so schnell. Ich habe Rick ja gar nicht richtig gedankt.«

Okay, jetzt holt sie die Machete raus und macht das arme Rickilein einen Kopf kürzer, dachte ich, als sie anfing, in ihrer Tasche zu wühlen.

Ich hielt die Luft an, schloss die Augen, dankte dem lieben Gott im Stillen für ein kurzes, nicht immer leichtes, aber dennoch schönes Leben und erwartete den Schlag.

Doch nichts tat sich.

Also öffnete ich die Augen wieder und glotzte auf etwas echt … ähm … tja … was war das eigentlich, was die Püttelmeyer mir da vor die Nase hielt?

»Du hast ein Tabuthema angesprochen, Rick, das längst keines mehr sein sollte«, trällerte sie vergnügt weiter. »Ich habe mich so oft schon über die schreckliche Mode für Frauen, die ein bisschen mehr zu bieten haben, geärgert.«

»Wie bitte?«, übernahm Finn das Reden für mich, weil ich komplett sprachlos war.

Sie lachte. Hell, schrill und eindeutig plemplem.

»Seit deiner Moderation im Radio stand bei mir das Telefon nicht mehr still. Unter anderem hat sich der Inhaber eines Wäscheladens in der Innenstadt bei mir gemeldet.«

Ach du Kacke! Bestimmt wollte der meine Adresse in Erfahrung bringen, um mich zu verklagen, weil ich über Unterwäsche gelästert habe oder so!

»Warum denn das?«, fragte Finn.

»Na ja, um mir tolle Unterwäsche aus der neuesten Kollektion für *starke Frauen* zu schenken.«

»Wie bitte?«, krächzte ich verdattert.

Die Püttelmeyer klatschte begeistert in die Hände. »Ist das nicht toll?! Und gestern Nachmittag war ich dort und habe unter anderem dieses wunderschöne Unterhemdchen mitgenommen.« Wie zum Beweis wedelte sie mir mit dem Ding ein paarmal vorm Gesicht hin und her.

»Und der Inhaber, Heribert von Pichelstein ist sein Name, war so angetan von meinen Kurven, dass er mich sogar gefragt hat, ob ich zukünftig als molliges Model für ihn arbeiten wolle.« Ihre prallen Wangen glühten wie Feuerbälle. Doch dann schob sie im gewohnten Püttelmeyer-Stinkmonster-Tonfall nach: »Was ich natürlich abgelehnt habe!«

WOW! Das wär's ja wohl gewesen, wenn die Püttelmeyer den Lehrerjob an den Nagel gehängt hätte, um ein molliges Model für Unterwäsche zu werden!

»So, ihr beiden, nun muss ich aber flitzen«, gackerte sie wie ein verrücktes Huhn. »Rick, nimm artig deine Medikamente ein und dann kommst du schnell in den Unterricht.«

Damit schob sie ab.

Finn und ich blickten ihr eine ganze Weile hinterher, bevor einer von uns wieder in der Lage war, sich zu rühren.

Den Rest des Schulvormittags blieb ich Frau Püttelmeyers *Darling*. Und das nicht *nur* im Unterricht. Sie brachte es sogar fertig, mir in der großen Pause mitten auf dem Schulhof – quasi vor sämtlichen Schüleraugen – sanft durchs Haar zu wuscheln. Als ich mit Feuermelderbirne davonhumpelte, rief sie mir noch nach: »Ricki, nicht so hastig. Sonst purzelst du noch auf dein Näschen!«

Oh Gott, ging es eigentlich noch peinlicher?

Es ging!

Nach Schulschluss wartete nämlich Linda mit laufendem Motor am Straßenrand auf mich. Ich humpelte, was der Gipsfuß hergab, zu ihr rüber. Aber nicht, weil ich es so eilig hatte, nach Hause zu kommen, sondern weil sie das Beifahrerfenster heruntergelassen hatte und quer über den Schulhof brüllte: »Rick, nun beeil dich schon! Ich habe gleich einen Termin bei meiner FRAUENÄRZTIN!«

Nicht mein Tag.

NEIN! WIRKLICH! NICHT!

Aus dem Augenwinkel sah ich Finn. Doch mein Milchschnittenkumpel schlug einen astreinen Haken nach links und machte sich zu Fuß vom Acker, bevor Linda ihn entdecken konnte.

Vladi gab mir einen mitleidigen Klaps auf die Schulter. »Du tust mir echt leid, Junge. Erst die Püttelmeyer mit ihrer I-love-Rick-Schmusetour und jetzt musst du auch noch zum *Frauenarzt.*«

»Blödsinn«, knurrte ich. »Denkst du, da fahr ich mit hin?!«

Vladi grinste breit. »Hundertpro!«

Ich ballte die Hände. Aber Vladi war mit fünf Schritten beim Fahrradständer. Er formte lachend mit den Fingern das Peace-Zeichen, bevor er sich auf sein Rad schwang und abdüste.

Linda fuhr viel zu schnell. Eine rote und eine dunkelgelbe Ampel hatte sie schon überbrettert. Und die, der wir uns jetzt im Formel-Eins-Tempo näherten, stand auch schon ziemlich lange auf Dunkeldunkelgelb.

»Linda!«, keuchte ich. »Das packst du nicht mehr!«

Aber sie streckte nur kämpferisch das Kinn vor und rief:

»Selbstverständlich schaffe ich das noch!« Dann trat sie noch mal ordentlich aufs Gaspedal, und mir blieb nichts anderes übrig, als die Finger in den Sitz zu krallen – und zu beten.

Natürlich schaffte sie es nicht mehr. Sie ging so scharf in die Bremsen, dass ich wie ein Pfeil mit dem Oberkörper Richtung Windschutzscheibe schoss. Kurz bevor ich die nächste Beule einkassierte, hielt der Gurt mich zurück.

»Aua!«, fluchte ich. »Warum heizt du denn so?«

Linda warf einen hektischen Blick in den Rückspiegel und dann auf ihre Armbanduhr. »Weil du so getrödelt hast.«

Ich wollte gerade widersprechen, da sprang die Ampel auf Grün um. Linda fuhr mit quietschenden Reifen an und ich wurde unsanft in meinen Sitz zurückkatapultiert. Anschließend wechselte sie so abrupt die Fahrbahn, dass hinter ihr ein Autofahrer empört hupte. Aber sie streckte nur den nackten Mittelfinger in die Höhe und gab noch mehr Gas.

Auweia! Langsam machte sich echt übelste Panik in mir breit. War das etwa ein ganz, ganz fieser Plan des Schicksals? Hatte ich die Püttelmeyer nur überlebt, damit eine komplett irre gewordene Linda mir vorzeitig mein Ticket fürs Nirwana bescherte?

Sicherheitshalber stemmte ich beide Hände gegen das Armaturenbrett, weil wir uns schon wieder einer Ampel näherten. Aber kurz davor riss Linda ihren himmelblauen Panda in die Rechtskurve, sodass ich mit der Schulter gegen den Türrahmen krachte.

»LINDA!«, regte ich mich auf. »Was soll das denn?«

Ein paar Hundert Meter weiter legte sie einen rekordverdächtigen Abruptstopp hin.

Ich brauchte einige Zeit, um meine Reiseübelkeit niederzukämpfen. Aber Linda, die spät dran war, wollte mich einfach aus dem Wagen schieben.

»Was soll ich denn hier?«, beschwerte ich mich.

Linda hatte mich zu ihrer alten Wohnung gefahren.

»Ach ja, habe ich ganz vergessen, dir zu sagen, bei dem ganzen Zeitdruck. Heute werden die Heizkörper im Haus ausgetauscht. Das macht wahnsinnig viel Krach, und deshalb dachten wir, du bleibst bis zum Abend lieber hier. Allerdings bist du allein in der Wohnung. Finn ist beim Literaturzirkel. Hier ist der Schlüssel. Ich hole dich später wieder ab. So gegen halb acht.«

»Und was soll ich die ganze Zeit über machen?«, fragte ich völlig entgeistert.

Linda stöhnte genervt. »Wie wär's zum Beispiel mit Hausaufgaben? So, und nun steig aus. Ich hab's eilig!«

Ähm … war das wirklich Linda, die neben mir saß? Die Frau, die immer meinte, Zeit füreinander zu haben wäre oberlebenswichtig? Diejenige, die behauptete, ich könnte jederzeit mit meinen Sorgen zu ihr kommen?

Sie starrte mich mit hektisch flackernden Augen an. »Rick! Bitte!«

Ich schluckte und öffnete die Beifahrertür. Blieb aber dennoch sitzen.

»STEIG AUS!«, kreischte Linda.

Hinterhältiger Hammerrochen, jetzt also zeigte sie endlich ihr wahres Gesicht. Von wegen verständnisvolles Linda-Schatzilein. Die war mindestens so fies wie die bösen Stiefmütter aus Aschenputtel oder Schneewittchen in den Märchen, die mir Mary früher immer vorgelesen hatte.

14

AFFEN-KACKEN-BOCKMIST!
ACH, SO SCHLIMM WIRD'S SCHON NICHT SEIN! ERZÄHL MAL, WAS DICH BEDRÜCKT!
ALSO, DAS WAR SO:
Franky
AFFENKACKEN-MEGA BOCKMIST!

Ich hatte keine Lust, allein in Lindas Wohnung herumzuhängen. Und auf Hausaufgaben erst recht nicht. Nachdem von Linda nicht einmal mehr die kleinste Auspuffwolke zu sehen war, zerrte ich deshalb Finns Fahrrad aus der Garage hervor und strampelte damit zum Maschsee. – Was ziemlich schräg aussehen musste mit Gips bis unters Knie. Die Leute gafften mich jedenfalls extrem erstaunt an. Ein älteres Ehepaar schüttelte empört die grauhaarigen Köpfe, weil ich leicht schwankend direkt vor ihren Füßen den Bürgersteig überquerte.

Neben dem Rundweg schmiss ich Finns Rad ins Gebüsch und humpelte zu meiner Bank.

Ich brauchte dringend einen neuen Plan. Und diesmal keinen hirnverbrannten, sondern einen richtig, richtig guten.

Ich wollte nicht Püttelmeyers Darling sein. Ich wollte nicht im Trümmerhaus wohnen! Noch immer nicht! Und mich von Wutz und Gismo trennen, das wollte ich schon mal gar nicht. Ach ja, und mit der gemeingefährlichen Linda wollte ich auch nie wieder ein Wort reden. Am liebsten hätte ich auf der Stelle die ICH-WILL-DAS-NICHT-PARTEI gegründet. Nur mit wem?

»Stopp! Ich muss mal für kleine Königspudelmädchen.«

Ich zuckte zusammen, als sich eine echt dicke Frau durchs Gebüsch zu mir vorkämpfte.

»Ups«, kicherte sie. »Besetzt!«

»Hä?«

Sie kicherte noch mehr. Ihr Doppelkinn zitterte im Takt mit. »Dann such ich mir mal ein anderes Plätzchen. Aber schnell!« Sie kniff die Beine zu einem X zusammen.

»Oder könntest du vielleicht kurz das Feld räumen?«, lächelte sie gequält.

Das glaub ich jetzt echt nicht. Da sitzt man gemütlich auf seiner Lieblingsbank ...

Viel weiter kam ich gedanklich nicht. Vom Weg her erklang eine Stimme, die mir bekannt vorkam. Ziemlich bekannt sogar. Und das raue Lachen hatte ich auch schon mal gehört.

»Sabinchen, so kann man seine Pfunde auch loswerden. Hahaha ...«

Ich schoss in die Höhe und humpelte so schnell wie möglich aus dem Gebüsch raus.

»Danke!«, rief mir die X-Beinige nach.

Aber ihretwegen hatte ich bestimmt nicht das Feld geräumt.

»Rick! Wo kommst du denn her?« Franky wischte sich mit dem Handrücken den Schweiß von der Stirn. Er trug zum ffn-Käppi und T-Shirt eine schwarze Jogginghose. Um ihn herum standen mindestens zwölf andere Leute in Sportklamotten, teilweise mit Walkingstöcken und der gleichen Glühbirne wie Franky, und blickten mich freundlich an.

Alle waren ziemlich ... na ja ... dick eben.

Franky lachte. »Rick, das ist meine *legendäre* Walkingtruppe, die *Fat Fighters,* mit denen ich schon zweimal am

Hannover-Marathon teilgenommen habe. Fat Fighters, das ist Rick, von dem ich euch witzigerweise gerade erzählt habe.«

Die Fat Fighters begrüßten mich mit großem Trara und viel Gelächter.

Ich nickte etwas eingeschüchtert zurück. Irgendwie sahen die alle ziemlich hungrig aus …

Franky schien mal wieder meine Gedanken zu lesen. »Kein Stress, Junge. Wir haben alle gut zu Mittag gegessen«, amüsierte er sich und die anderen bogen sich vor Lachen.

Sabinchen kam hinter mir aus dem Gebüsch gekrabbelt. »Von mir aus können wir«, verkündete sie.

Dann gesellte sie sich zu den anderen und Franky hob die Hand zum Abschied. »Tschau, tschau, Rick. Wir müssen weiter. Unseren Maschseerunden-Rekord knacken.«

Ich nickte und Franky und seine Fat Fighters walkten vergnügt quatschend davon. Sein raues Lachen war noch zu hören, als sie längst hinter der nächsten Weggabelung verschwunden waren.

Aber kaum hockte ich ein paar Minuten später wieder auf meiner Bank und zermarterte mir erneut das Hirn nach einem genialen Plan, da raschelte es plötzlich hinter mir.

Ich fuhr erschrocken und gleichzeitig genervt herum.

Verdammt, was wollten die denn heute alle hier? Gab's was umsonst? Oder hatte ich das neue Dixikloschild übersehen?

»Hi, Rick.«

Franky. Ziemlich außer Puste und mit noch dunklerer Glühbirne als Minuten zuvor.

»Ich dachte, ich leg mal 'ne kleine Pause bei dir ein.«

Das riesige Fragezeichen stand mir bestimmt direkt auf die Stirn geschrieben.

Franky grinste verschwörerisch. »Ich war nämlich auch mal ein Junge, der die Welt nicht mehr verstand.«

»Aha ...«, machte ich verdattert.

Gerade hatte er doch noch was von Rundenrekordzeit oder so was Ähnlichem gequatscht. Warum war er denn jetzt wieder hier?

»Und wenn es ganz hammerdicke gekommen ist, dann war es total cool, wenn ich mit jemandem darüber quatschen konnte. Mal den ganzen Mist rauslassen, verstehst du, was ich meine?«

Ach so, deshalb war er also umgekehrt und ließ seine Fat Fighters allein den Rundenrekord hinlegen. Um sich zu mir auf die Bank zu setzen und mir zuzuhören. Meinen ganzen Mist, die Tatsache, dass keiner meiner Pläne hinhauen wollte, meinen Ärger mit Wutz und auch den mit Nelly und dass mein Leben kein bisschen so verlief, wie ich das wollte. Und dass ich das Eishockeyspielen vermisste und überhaupt alles so was von zum Kotzen fand. Na ja, und auch, dass mir das ewige Herumgeschmolle selbst voll auf den Keks ging, ich aber keinen Plan hatte, wie ich aus der Nummer wieder rauskommen sollte.

Da saß ich nun Seite an Seite neben dem riesig großen

Franky auf meiner Bank und sollte über meine Probleme reden.

Und vielleicht war das ja der erste richtig gute Plan, den es seit Langem gab …

Als ich beim Trümmerhaus ankam, empfing mich Mary schon im Vorgarten.

»Wo bist du denn bloß gewesen? Linda wollte dich abholen, aber du warst nicht in der Wohnung. Wir haben uns Sorgen gemacht!«

Ich zuckte mit den Schultern. Als ob das hier irgendjemanden interessieren würde. Bei denen drehte sich doch alles nur noch um das Trümmerhaus. Aber dann fiel mir wieder ein, was ich gerade beschlossen hatte.

»Ich war am Maschsee und habe nachgedacht. Du weißt schon, auf meiner, ähm … *unserer* Bank.«

Mary nickte, und kurz wurde ihr Blick ein wenig wehmütig, so wie immer, wenn ich *die Bank* erwähnte. Doch der Moment war schnell vorüber. Anscheinend hatte Mary gerade keine Zeit, mit mir über das zu reden, worüber ich auf unserer Bank nachgedacht hatte und zu welchem Entschluss ich dabei gekommen war.

Sie zerrte mich am Ärmel ins Haus und rief: »Philipp! Rick ist wieder aufgetaucht! Können wir schon in den Garten gehen?«

Hä???

»Gott sei Dank!«, brüllte mein Vater von irgendwoher zurück. »Gib uns noch fünf Minuten!«

Fünf Minuten für was?

Ich starrte Mary fragend an. Aber die schüttelte nur den Kopf und das sah ziemlich endgültig aus. Keine weitere Erklärung aus Marys knallrot geschminktem Mund.

15

Auf den Tischen lagen bunte Blüten. Teelichter brannten und alle hatten sich mächtig schick gemacht. Pa trug sogar einen schnieken Anzug. Wutz hatte sich rasiert und war so nackt im Gesicht kaum wiederzuerkennen.

Ich glotzte Pa schwachsinnig auf die rote Krawatte und raffte nichts. Und weil ich es nicht ansatzweise schnallte, fiel mir nichts Besseres ein, als zu lachen.

Das machte Pa gleich wieder wütend. Er verbot mir mit einem gedämpften Knurren jede Art von Heiterkeit und zog ins Haus ab, um noch irgendetwas zu holen.

Ich schaute zu Mary und Kittelmän rüber. Um sie herum wogte ein Flammenmeer aus Partyfackeln. In den Bäumen hingen bunte Lichterketten.

Wenn man nicht wusste, wie der Garten bei Tageslicht aussah, hätte man ihn für richtig schön halten können.

Wutz fummelte an der Technik herum, die neben dem Haus auf der provisorischen Holzterrasse aufgebaut war, und auf einmal erklang Musik. Sogar richtig coole Musik. Nicht Wutz' alte Lieblingsrockband oder Lindas Walgesang. Echt endcoole Mucke nach meinem Geschmack! Dann erst fiel mir auf, dass Morgenmän Franky hinter einem Mischpult stand. Er zwinkerte mir zu und streckte den Daumen in die Höhe. Nun bediente Wutz mit dem Fuß eine kleine Lichtorgel und plötzlich ging noch ein zweiter Lichtkegel direkt neben dem Brunnenloch an.

WOW. Jetzt war ich doch ein bisschen beeindruckt.

Dann kam Pa wieder aus dem Haus gehetzt. Mit irgendetwas hinter seinem Rücken. Wie auf ein geheimes Signal hin stolperten alle zur anderen Holzterrasse hinüber, die die Heinzelmännchen dort aufgebaut haben mussten. Heute Morgen war das Ding unterm Kastanienbaum noch nicht da gewesen. Hundertpro!

Ein dritter Scheinwerfer ging an und strahlte direkt auf die Terrasse, auf der sich inzwischen alle versammelt hatten. Sogar der arme Gismo klemmte unter Wutz' Arm. Der Pupskater sah wenig begeistert aus. Helena – zur Feier des Tages mit roter Schleife um den dicken Hals – gaffte nämlich mit giftigen Bulldoggenaugen zu ihm hoch.

Die Musik ging aus und Pa hatte auf einmal ein Mikrofon in der Hand.

»Rick …«

Quiiiiietsch!

»Ähm, mein Junge …«

Quiiiiietsch!

»Heute ist ein ganz …«

Quiiiiietsch!

»Stopp!«, rief Franky ihm zu und hantierte hektisch an der Anlage herum. »So, jetzt müsste es funktionieren.«

Pa startete einen neuen Versuch. »Also …«, sagte er, diesmal ohne Gequietsche. »Klar weißt du, warum wir heute alle zusammengekommen sind. Und bestimmt hast du dich schon den ganzen Tag gewundert. War gar nicht so einfach, das alles hier vor dir geheim zu halten.«

Ich zuckte ein wenig hilflos mit den Schultern. »Ähm … weiß nicht …«

Pa schaute etwas verstört. »Hat etwa jemand von euch gepetzt?«

Die anderen traten unsicher von einem Fuß auf den anderen.

»Typisch!«, motzte Pa und bedachte Mary mit einem strengen Blick.

Meine Oma regte sich sofort auf: »Was soll das denn? Warum beschuldigst du gleich wieder mich?«

Aber bevor Pa etwas erwidern konnte, zwitscherte Linda: »Streitet nicht und lasst uns endlich singen.«

Singen? Warum wollten die denn jetzt auch noch singen?

Da ertönte auch schon »Happy Birthday« aus den Boxen. Die anderen schnipsten mit den Fingern dazu und bewegten sich mehr oder weniger rhythmisch im Takt der Musik, während Pa ein paar englische Songbrocken in das Mikro grölte. Ganz schlimm wurde es beim Refrain, als alle gleichzeitig mitsangen.

Alter Donnerfalter, mein Geburtstag! Ich hatte meinen eigenen Geburtstag vergessen!

Kein Wunder, bei dem Stress in letzter Zeit. Pa hatte sich zwar wegen meiner Geblümter-Schlüpfer-Aktion im Radio schnell wieder eingekriegt. Dennoch war die Stimmung nicht gerade prall zwischen uns gewesen. Und irgendwie hatte ich bei all dem Umzugschaos, dem Gegen-alles-Sein und meinen versemmelten ffn-Gastauftritten meinen eigenen Geburtstag total vergessen. Gestern hatte ich kurz daran gedacht. Aber dann war Pa heute Morgen so was von mies drauf gewesen, und außerdem hatte mir da ja noch das Zusammentreffen mit der Püttelmeyer bevorgestanden, sodass ich tatsächlich das erste Mal in meinem Leben nicht an meinen Geburtstag gedacht hatte.

Unfassbar!

Ich sah zu Mary, die Tränen in den Augen hatte, und schwenkte meinen Kopf deshalb schnell Richtung Wutz. Aber der war verschwunden.

Das Lied war zu Ende und Pa krächzte mit tierisch sentimentaler Stimme »Alles, alles Gute, mein GROSSER!« ins Mikro.

Vom Brunnenloch rief Wutz: »Und hier kommt *mein* ganz persönlicher Glückwunsch, Kumpel!«

Er startete ein Bodenfeuerwerk. Ein paar popelige Miniraketen, die ein bisschen zischendes Licht verbreiteten und sofort erloschen. Die anderen machten »aaah« und »oooh«. Und ich hatte plötzlich das ätzende Bedürfnis zu heulen. Elende Raketenzündschnur, ich war gerührt bis in die Zehennägel, die ich unbedingt mal wieder schneiden musste.

Mary war als Erste bei mir und umarmte mich. Im nächsten Moment war ich regelrecht umringt. Mir wurde auf die Schulter geklopft, die Wange getätschelt, über den Kopf gestrichen, und Linda brachte es sogar fertig, mir ruck, zuck einen schleimigen Sabberkuss auf die Stirn zu drücken.

»Wie traurig du ausgesehen hast, als ich dich vorhin aus dem Auto geworfen habe«, meinte sie. »Mir hat es fast das Herz zerrissen.«

Dann war Wutz auf einmal neben mir. Er legte mir die

Hand auf die Schulter und schaute mich ernst an. »Gismo hat seit Tagen keinen Furz mehr von sich gegeben.«

»Schön für dich.«

Wutz schüttelte den Kopf. »Nö, kein bisschen. Er verweigert nämlich sein Futter.«

»Aha«, machte ich, und es lag mir schon auf der Zunge zu sagen, dass er ja mal seine *tolle* Tierärztin um Rat fragen könnte, bei deren Anblick er immer ganz grün im Gesicht wurde.

Aber Wutz kam mir zuvor. »Er frisst nichts, weil er dich und Philipp vermisst.«

Und warum erzählte er mir das? Damit ich mich gleich wieder schlecht fühlte, oder was?

»Ich vermisse seine Katzenfürze auch«, krächzte Pa und lächelte von Wutz zu mir.

Wutz fuhr sich mit der freien Hand durch die Haare. »Tja«, meinte er und sah aus, als ob er angestrengt nachdenken würde. »Was können wir da bloß tun?«

Ich horchte auf.

»Vielleicht könnte Gismo ja bei euch einziehen …?«

Wie jetzt, wollte er seinen heiß geliebten Kater nun auch noch loswerden?

»Und du? Dann bist du ja ganz allein.«

Wutz grinste. »Es könnte ja sein, dass ich mir die Wohnung im Dachgeschoss doch noch mal genau anschaue.«

Mein Magen zog sich zusammen. Gleichzeitig polterte mein Herz, als ob es explodieren würde. Am liebsten hätte ich Wutz umarmt und literweise Tränen vergossen.

Wutz hob die Hände. »Ich denke darüber nach, Rick. Mehr noch nicht. Okay?!« Er hielt mir die Hand hin und ich schlug laut klatschend ein.

Die anderen grinsten um die Wette, und ich konnte nicht anders, als mich für einen klitzekleinen Moment sauwohl zu fühlen. Umringt von meiner durchgeknallten Familie, inmitten des Trümmerhausgartens, der mir auf einmal gar nicht mehr so übel vorkam.

Doch da raunte Finn mir zu: »Gleich kommt noch dein Eishockeyteam. Philipp hat alle eingeladen. Auch Nelly!«

Schlagartig war es vorbei mit dem Wohlfühlgefühl. Stattdessen konnte ich nur noch an Flucht denken.

Aber dafür war es zu spät. Mein Team stürmte bereits in den Garten. Allen voran Vladi, der mir kurz auf die Schulter kloppte und dann sofort die Schlange am Grill eröffnete, den Kittelmän inzwischen in Gang gebracht hatte.

Einer nach dem anderen gratulierte mir und stellte sich anschließend artig in die Futterschlange. Ganz zum Schluss kam Johann, unser Trainer, an die Reihe.

»Wir haben für dich gesammelt«, sagte er grinsend und überreichte mir einen Gutschein. »Wenn dein Vater noch etwas dazugibt, reicht es für den neuen Schläger, den du unbedingt haben willst.«

Ich lief krebsrot an vor Freude. »Da-da-danke.«

»Standard!«, sagte Vladi lässig neben mir und biss herzhaft in seine Bratwurst.

Johann meinte noch, dass ich bloß bald den ollen Gips loswerden sollte, weil mein Team mich dringend bräuchte.

Dann schob er mit Vladi Richtung Grill ab. Ich schaute den beiden versonnen nach.

»Herzlichen Glückwunsch, Rick.«

WOW. Nelly sah so was von gut aus!

Aber das sagte ich ihr natürlich nicht. Und auch nicht, dass ich mich wie bekloppt freute, sie hier zu sehen. Und schon gar nicht, wie total happy ich war, dass sie wieder mit mir redete.

Ich schob nur die Unterlippe vor und wich ihrem Blick aus.

Zum Glück gab es Mary. Sie rief Franky zu, dass er mal ordentlich die Musik aufdrehen sollte, und dann wurde getanzt.

Also nicht wir tanzten. Wie oberpeinlich wäre das denn? Aber die verrückten Erwachsenen und darüber konnten wir uns wenigstens astrein lustig machen. Die sahen nämlich so was von megalächerlich aus, wie sie zappelnd auf der Tanzfläche herumhüpften.

»Es tut mir leid«, murmelte Nelly auf einmal. Sie berührte meinen Unterarm. Nur ein bisschen. Aber es reichte schon, dass mein Körper von einem Hunderttausend-Millionen-Volt-Stromschlag erfasst wurde.

Die Haare standen mir zu Berge. Sogar die feinen Härchen auf den Armen.

»Finn hat mir erzählt, wie schlimm das alles für dich ist.«

Aha … was denn?

»Deshalb habe ich beschlossen, nicht mehr rumzuzicken.«

Okaaay.

»Lass uns einfach wieder Freunde sein, ja?!«

Ich nickte und Nelly fügte hinzu: »Indians-Vereinskameraden und gute Freunde. So wie früher. Abgemacht?!«

Ich nickte erneut.

»Was meinte Finn denn mit *schlimm?*«, fragte ich.

Nelly machte große Augen. »Na ja, das mit dir und mir eben …«

Wie der Zufall es so wollte, kam die alte Verrätermilchschnitte gerade direkt auf uns zugeschlendert.

»Wollen wir tanzen, Nelly?«, schleimte er rum.

Ich biss die Zähne zusammen und ballte die Hände in meinen Taschen zu Fäusten.

»Ja klar«, freute sich Nelly.

Finn grinste, und ich bildete mir sogar ein, dass er die Lippen wie zum Kuss spitzte.

Jeden Moment, nur noch ein winzig kleines Fürzchen eines Moments, und ich würde explodieren. Jede Wette!

Ich holte tief Luft. Glotzte auf Finns Mädchenhand, die er Nelly entgegenstreckte.

»Du siehst übrigens heute echt klasse aus«, machte Finn mit seiner schmierigen Schleimtour weiter.

Und mir blieb keine andere Wahl, als Nellys Arm festzuhalten und hervorzustoßen: *»Ich* mache hier die Komplimente! Und Nelly ist *meine* Freundin, ist das klar?!«

Nelly sah ziemlich überrascht aus. Finn hingegen kein bisschen. Und das machte mich echt stutzig. Doch da hatte Nelly schon ihre kleinen Hände auf meine Schultern gelegt und mir einen Erdbeerkaugummiduftkuss mitten auf den Mund gedrückt.

Nachdem sich nicht mehr alles in meinem Kopf drehte, als ob ich gerade tausend Runden im schnellsten Kettenkarussell der Welt gefahren wäre, stand Finn direkt neben uns. Er grinste breit und ziemlich zufrieden mit sich und der Welt.

»Geht doch!«, freute er sich. Dann verschwand er in Richtung Grillschlange.

Ich schaute ihm ziemlich verstört nach und endlich begriff ich es: Mein Milchschnittenkumpel hatte mich echt genial ausgetrickst.

HAMMA!

Pa und Linda tanzten eng umschlungen, obwohl Franky inzwischen einen von Marys Lieblings-Rock-'n'-Roll-Songs spielte. Wutz packte sich die Tierärztin und zog sie auf die Tanzfläche. Mary hatte sich Finn aus der Grillschlange gefischt und wirbelte ihn über die Terrasse. Ein paar der Indians hüpften ebenfalls auf der Tanzfläche herum.

Dann forderte auch Nelly mich zum Tanzen auf. Zum Glück war das mit Gipsfuß ja völlig unmöglich, atmete ich erleichtert auf. Dennoch legte ich meine Arme um sie und wir wankten auf der Stelle ein wenig hin und her.

Einige der Indians schauten amüsiert zu uns rüber. Vladi kringelte sich sogar vor Lachen. Aber komischerweise war es mir völlig egal. Echt!

Ich blickte in den Sternenhimmel, der mir noch nie so schön und hell vorgekommen war. Und dann sah ich eine

Sternschnuppe. Sie fiel im leichten Zick-Zack-Kurs der Erde entgegen.

Ich schloss ganz fest die Augen und wünschte mir …

Nööö, das verrate ich euch nicht. Sonst geht es doch nicht in Erfüllung, Leute!

Rico und Oskar

Andreas Steinhöfel
Rico und Oskar, Band 1: Rico, Oskar und die Tieferschatten
224 Seiten
Taschenbuch
ISBN 978-3-551-31029-3

Andreas Steinhöfel
Rico und Oskar, Band 2: Rico, Oskar und das Herzgebreche
272 Seiten
Taschenbuch
ISBN 978-3-551-31233-4

Andreas Steinhöfel
Rico und Oskar, Band 3: Rico, Oskar und der Diebstahlstein
336 Seiten
Taschenbuch
ISBN 978-3-551-31289-1

„Für jemanden, der tiefbegabt ist und ins Förderzentrum geht, weil er einen Kopf wie eine Bingotrommel hat, ist ein Tagebuch die Erfindung des Jahrhunderts."

Das findet jedenfalls Rico, der leicht mal den roten, grünen oder vielleicht den blauen Faden verliert. Und er findet auch, dass Oskar der beste Freund aller Zeiten ist, ob mit oder ohne Helm. Einer, mit dem man Müffelchen essen kann bei Frau Dahling auf dem Plüsch-Sofa. Und natürlich aufregende Abenteuer erleben, voller Tieferschatten, Herzgebreche und mit einem Diebstahlstein.

CARLSEN

www.carlsen.de